נודדים

סמטאות

2

מריסה מדיירי

ירוק מים

מאיטלקית: יורם מלצר

סמטאות

Marisa Madieri
Verde Acqua

עורך ראשי: אוריאל קון
עריכת תרגום: ינון קחטן
עיצוב וקונספט: דודי ברנד
ריכוז מערכת: מיכל דוקרסקי

סמטאות ספרים
מערכת: משה הלר, ד"ר אלי אילון ואוריאל קון
בניין ימקא הבינלאומי ירושלים
רח' המלך דוד 26, ירושלים 91002

www. simtaot.com
info@simtaot.com

הדפסה ראשונה: מרץ 2011

מסת"ב: ISBN: 978-965-524-072-6
סידור והדפסה: מפעלי דפוס כתר, ירושלים
Printed in Jerusalem

לקלאודיו

24 בנובמבר 1981

בבית סבתי מצד אבי, בפיוּמֶה, חדר המבואה היה רחב ידיים ומואר. שולחן גדול מעץ מלא נשען על אחד הקירות. היו לו רגליים מוזרות, במקומות מסוימים דקות, במקומות אחרים עבות, והן הסתיימו בפקעות גדולות. בתוואי הארוך שבין השולחן ובין הרצפה, לעתים נסוגה העגלגלות שלו מפני זוויתיות של קובייה, ולאחר מכן הייתה שוב ממהרת להצטייר לכדי קרסול חדש וקליל, או לכדי שוֹק מוצקה. אצבעותיי הילדותיות היו עוברות על פני אותן התעקלויות ואותן שקערוריות ומגלות קְנים סודיים של אבק, שאפילו אהבתה הקפדנית של סבתי לניקיון, אהבה שאולי הייתה מופרזת, לא הצליחה להגיע אליהם.

זמן קצר לאחר הולדתי, אבא ואימא עברו להתגורר בביתה של סבתא מדיירי, מסיבות כלכליות, ונשארו שם שנתיים ימים. אם כך, המרחב הראשון להרפתקת חיי, לחקירות על ארבע במבוכים הביתיים, היה בדיוק חדר המבואה שלה, שאליו התירו לי ברצון להיכנס שכן כמעט לא היו בו קישוטים.

אפילו לאחר שהוריי עברו לרחוב אַנגֶבֶּן, שם התגוררתי עד

גיל אחת עשרה, המשכתי לבקר דרך קבע בביתה של אותה סבתא מוזרה ומסתורית, שאהבה אותי מאוד. היא הייתה גבוהה, זקופה ושתקנית. עיניה, שהיו להן עפעפיים בולטים, היו שני שקעים שהתעקלו מעט כלפי מטה. פיה היה דק וקשה. פניה, שהיו להם תווים סמכותיים, רוככו תודות לענן של שׂער רך ולבן, שהיה בו איזה פס צהבהב ושנאסף בפקעת על עורפה. כשהייתה אוחזת אותי בזרועותיה, הייתי טומנת את פניי באותו שׂער שניחוחו הנקי קשור אצלי, גם היום, בזכרה.

עברהּ היה אפוף מסתורין. אפילו אבי מיעט לדבר על כך, וכשדיבר – עשה זאת באי רצון. אני רק יודעת בוודאות – כיוון שקראתי זאת בתעודת הפטירה שלה – שהיא נולדה בוָרַז׳דין בשנת 1868, ששמה היה פיליפינה מילֵטיץ׳ ושהיא נישאה לג׳ורג׳יו מדייריץ׳, ששם משפחתו עבר שתי תמורות במהלך הזמן. בתחילה הוא הפך למדייריק ולאחר מכן למדיירי. יתר חייה מתערפל באגדה. לפי ההתייחסויות המעטות לעניין שנשמעו בבית, יכולתי לשחזר עובדות אחדות בלבד. מנישואיה לסבא ג׳ורג׳יו נולדו ילדים אחדים, כנראה לא פחות משלושה עשר, בלידות של תינוקות בודדים וגם בלידות של תאומים. רבים מהם מתו בגיל צעיר, וסביב אלו ששרדו נרקמו סיפורי גורלות טרגיים ומדהימים. בת אחת נפטרה בגיל עשרים, בדיוק ביום חתונתה, ואחרת התאבדה

בגיל שמונה עשרה בגלל אהבה. באשר לזאת, אנג'ליקה, הרי שלפני זמן מה מצאתי תצלום שבו היא נראית חייכנית ומלאת אור, ידה האחת שעונה על מטריה קטנה וקלילה, וידה השנייה מונחת על חצאיתה הארוכה, בעוד היא מרימה את אחת מקצותיה בתנועה קוקטית. מהמותניים הדקיקים מסתמן חזה חינני של בחורה, כלוא בחולצה לבנה, שעניבה גברית מעניקה לה סבר חמור. שׂערה הכהה והמקורזל מוסתר תחת כובע קטן וחצוף המקושט בזר פרחים קטן. על אף שלא נאמר לי עוד דבר על אודות הדודה הזאת, אפשר לקרוא דברים רבים בחיוך הזה ובמבט הזה, שעל אף התערבותו הדקדקנית של הצלם שביים את התנוחה, עולים סימנים למזג גאה ושופע ברוב שמחה.

אם כך, סבתא הייתה נשואה במשך שנים ארוכות. לאחר מכן, באורח לא צפוי, בשנת 1904, דבר מה חמור בוודאי שיבש את חייה. נדמה כי סבא היה סוחר עץ עשיר בוורז'דין. אכן, היו לו כרכרה וסוסים, אבל הוא גם היה נגוע בהרגל המגונה להמר. האגדה מספרת שבאחד הימים סבא ג'ורג'יו, לאחר שהפסיד בקזינו את ביתו, כרכרתו וסוסיו, הפסיד גם את אשתו. ואילו זו, נואשת ונושאת ברחמה את בנה האחרון, לואיג'י, אבי, עזבה את המשפחה ועשתה את דרכה לפיומה. אינני יודעת האם הגרסה הזו ראויה כלל לאמון, שכן במקרה כזה יתברר שסבתא ויתרה לא רק על בעלה אלא גם על ילדיה,

שהייתה קשורה אליהם מאוד ואף קיימה אתם תמיד קשר מכתבים. עלה בדעתי אפילו שאבי היה יכול להיות פרי של יחסי ניאוף, ושסבתא גורשה מביתה. אולם פרט לכך שהסב לא התכחש בשום אופן לאבהות, נדמה לי שאין זה סביר שלאישה העסוקה בהריונות רבים כל כך יהיה הזמן והחשק לחשוב גם על הרפתקאות מחוץ למסגרת הנישואין. היות שכך אני חושבת שהגרסה המיתית הגיונית יותר, כלומר שבהגיע הדברים לנקודה מסוימת, סבתא אמרה "די".

לבדה בפיומה, ללא כל אמצעי קיום וכשהיא עומדת ללדת ילד, לא נפלה רוחה של סבתא. בלי שיהיה אפשר לפענח את מבע פניה, כשהיא מסתירה את אימהותה הצומחת באמצעות מחוך וחצאית רחבה, היא התמודדה עם עבודה מתישה ומשפילה מבחינתה של גברת במעמדה החברתי. היא נשכרה לעבוד בניקיון בקזינו בפיומה, והשיתו עליה שעות עבודה קשות שגרמו להרמת גבה בקרב הבריות המתחסדות. אולם רצון הברזל שלה ושליטתה במספר שפות – סרבו־קרואטית, הונגרית, גרמנית ואיטלקית – אפשרו לה להפוך עד מהרה לאחראית על המלתחה. זה היה הסימן לתחילת מזלה הטוב היחסי. לאמתו של דבר, לא השכר אלא התשרים שקיבלה מן האדונים העשירים, הם שאפשרו לסבתא לפרנס בכבוד את עצמה ואת בנה, ובשלב מאוחר יותר לרכוש את הדירה שבה

התגוררה. האירוניה של הגורל קבעה שדווקא הקזינו, שסימן את תחילת חוסר המזל בחייה, הציע לה מאוחר יותר גם את ההזדמנות להגיע לעצמאות כלכלית ורוחנית גאה, עניין שהיה קשה מאוד להשגה לאישה באותה תקופה.

סבא ג׳ורג׳יו נמחק מחייה. אבי, לא רק שלא הכיר אותו אישית מעולם, אלא שהוא אף לא ראה אפילו את פניו בתצלום, וגם לא שמע מעולם את סבתא מזכירה אותו. רק על מותו הודיעו לו, מוות שאירע שנים אחדות לאחר מכן.

25 בנובמבר 1981

את עומקי הזמן כבשתי רק לא מזמן. בדממת הבית, כשאני נותרת לבדי לעת בוקר, אני מוצאת שוב את האושר שבמחשבה, האושר שבמעבר על העבר לפנים ולאחור, לשמוע את זרימת ההווה. הדבר קרה לי בעבר לעתים רחוקות בלבד. לאחר ילדות של סיפוק וללא בעיות ממשיות, לאחר גיל התבגרות אומלל ומסוגר ונעורים של עקשנות, הגעתי לבשלות שבה נדמה שלדברים ולאירועים יש קצב אטי יותר, כזה המאפשר הרהור עליהם. מעולם העבודה, כשהילדים כבר בוגרים למדי, הושבתי אל החירות של ביתי ושל ימיי. בעבודה היום־יומית הצנועה והמגוונת, המחשבות יכולות לפרוח, להתארגן, להתבהר. אם קודם לכן הזמן היה כמעט ללא ממדים, וצומצם ללא יותר מהווה בשל חיים דחוקים, שהיו נתונים ללחץ של מערבולת של חובות, שמחות גנובות ודאגות, הרי שכעת הוא נפרש בשעות קלות משקל, מתרחב ומתרווח, מתמלא הדים וזיכרונות שמתרכבים אט אט כפסיפס ועולים במערבולות קטנות מתוך מגמה לא מובחנת אשר הצטברה במשך שנים ארוכות בתחתית אפלה שלא זכתה לתשומת לב.

26 בנובמבר 1981

אני שוב מוצאת בזיכרוני, אם כן, את חדר המבואה המואר של סבתא, שאליו פנו בסדר מופתי דלתות החדרים האחרים. בסוף, משמאל, היה המטבח, לבן ומסודר באורח יוצא דופן. קצותיו של ה־spahert, כלומר תנור הבישול החסכוני המוסק בעץ, היו משויפים, ולכיריים היו טבעות קונצנטריות רבות שלתדהמתי היה אפשר להרים אותן כדי להגדיל את הפתח או להקטינו. על זרועותיה של סבתא, הייתי מתבוננת לעתים קרובות באש שבערה באותם נקבים, אש אדומה וסוערת, והייתי אחוזה בהלם קסום. גם השולחן, שהיה עשוי שיש בהיר, הילך עלי קסם יחיד במינו. את השולחן חצה פצע שחור ולא אחיד שיצר ניגוד לעומת הערוצים הדקים והכחולים של המשטח. אהבתי לעקוב במבטי אחר הערבסקות הכהות הללו, אותם ציורים שהיו חדשים תמיד, כמו עננים בני חלוף בשמים של עונת האביב. למטבח הייתה גם גזוזטרה גדולה שפנתה לחצר של עפר, חצר עצובה ומאובקת.

לחצר הזו קשור אחד העניינים שאני מיטיבה לזכור יותר מכול משנותיי הראשונות. לאחר שעברנו לרחוב אנגבן, סבתא

השכירה חדר לקצין צעיר, דק גזרה ואדיב למראה. באחד הימים, כשסבתא החזיקה אותי בזרועותיה, הקצין נתן לי במתנה קופסה של שוקולדים, שהיו מבחינתי דבר מתיקה שאין לעמוד בפניו. לא אמרתי דבר, אבל גרמתי לסבתא להבין שאני רוצה שהיא תניח אותי על הרצפה. כשהקופסה יקרת הערך בידי, עשיתי את דרכי לגזוזטרה של המטבח ובלי לומר דבר השלכתי אותה לחצר. אמי וסבתי גערו בי מאוד לנוכח המעשה המיותר והלא מוסבר, וכן על כך שגיליתי חוסר נימוס מוחלט. איש לא הבין, אפילו לא הקצין הצעיר, שהמעשה היה לאמתו של דבר תמרון גמלוני של גחמה נשית. בכך שהפגנתי זלזול כביכול, רציתי להראות שאינני קלה לכיבוש ושאני מכריזה בזאת שאני מוכנה להתגוששות אהבים.

לאחר מכן, במשך תקופה ארוכה, בכל ביקור, נהגתי לרוץ אל הגזוזטרה כדי לנסות ולמצוא שם למטה את הקופסה שהוקרבה ללא הועיל ואבדה לנצח יחד עם אותו קצין יפה תואר, שלא שבתי לראות לעולם.

עם זאת, הקריאות המפתות והמסתוריות ביותר בביתה של סבתא בקעו מחדר האוכל ששימש גם חדר הסבה, ושנאסרה עלי הכניסה אליו בתכלית האיסור גם כשגדלתי מעט. סבתא נעלה את החדר במפתח ונהגה לפתוח אותו, כלשכה של כלי קודש, רק בהזדמנויות מיוחדות, בעת ביקור של אנשים

חשובים או לארוחות חגיגיות מסוימות. מבעד לחור המנעול ניסיתי בסקרנותי לברר את סודות המקום. משלה בו אפלולית, כאילו גם האור אינו מסוגל להפר את הטקסיות והאיפוק. עיצוב החדר היה עמוס יתר על המידה, אך לעיניי לא היה דבר מרתק יותר מאשר קערת הפירות מזכוכית צבעונית שעיטרה את מרכז השולחן הגדול. האור המועט שהצליח להסתנן מבעד לחלונות כמו התרכז בשקיפויות החמקמקות, בריצודים של גווני האדום הכהה, הסגול, הארגמן והכחול של אותן צורות, ריצודים שהיו לעתים דמיים ולעתים חיוורים. התפוחים, השזיפים, האגסים ואשכולות הענבים שעלו על גדותיהם הזכירו לי מיני שפע רחוקים ומופלאים. אותו חדר יהיה תמיד ארץ מיתית שלא נחקרה, האטלנטיס של ילדותי.

6 בדצמבר 1981

אני חושבת על אמי בתדירות ובאינטנסיביות גוברות והולכות. שורשי כוחי ויכולתי לא להיכנע נוכח הקשיים, נטועים באהבתה. הבדידות אורבת תמיד, גם בחיים מלאים בחיבה, בדידות אשר לפני שלוש שנים גילתה לי בפתאומיות את פני המדוזה שלה. וגם כאן אני מוצאת נחמה שמקורה באמי, וכן את יכולתה הידועה להתגבר. אהבתה החובקת כול והמוחלטת לאחותי ולי היא האהבה הטהורה והחסינה ביותר מפני קלקול שהחיים העניקו לי.

אני שבה לראות אותה ברגעים שונים בחייה, בתמונות שאינן קשורות זו לזו. פעם היא מופיעה בפניי צעירה, ברחוב אַנגֵבֶּן, שׂערה שחור מאוד וגלי, עיניה ירוקות, תמיד מעט מודאגת וחוששת שהיא אינה ראויה לדבר מה; לעתים אני חושבת עליה בטרייסטה, במחנה הפליטים סילוס, כורעת תחת המועקה, תחת העוני ותחת אם רודנית, כורעת מהיעדר בית, וכל רצונה הוא להזדקן כדי שיהיה לה זמן "לקרוא ספרים"; ולעתים אני זוכרת אותה בשׂערה האפור ובמבטה המתוק להפליא בשנים האחרונות של חייה, ברחוב פיקרדי, והיא שוב

בבית אמיתי, סוף סוף שלווה יותר על אף צרות אחרות, מרוצה מכך שבנותיה השיגו תעודות לימודים ואפשרות לעתיד של עצמאות, שונה כל כך משלה.

היא נלקחה ממני מוקדם מדי, בדיוק כשהייתי יכולה להתחיל להשיב לה את מה שעד אז רק קיבלתי.

18 בינואר 1982

השנים שעברו ברחוב אנגבן, שלאחר המלחמה הפך לזַגרֶבָּצ׳קה אוליצָה, היו שנים של משחקים ללא גבולות, של אושר, של חירות. הגן שלי, ששבתי לראותו כשבגרתי ושנתגלה לעיניי עלוב וצר, היה לעיניי הילדותיות עולם ומלואו, התגלמות ההרפתקה. גדרות הליגוסטרום שלו היו יער, החתולים שהסתתרו שם, הדרורים, הנמלים והלטאות, כולם היו חיות גן עדן; האבנים והזכוכיות הצבעוניות שהיו פזורות על הקרקע, היו בעיניי אוצרות ואבנים יקרות; המדרגות שהובילו לבית השוערת היו גרם המדרגות של ארמון. מאחור, ביתי גבל בנמל בָּרוֹס, אתר ההתרוצצויות שלי שמעבר לגבולות הבית. מהחלונות ניבט הים העמוק וחסר המנוחה של קוארנרו, שבו למדתי לשחות מוקדם מאוד, בעזרתו של אבי, שהיה קופץ מוכשר מאוד מהמקפצה ושניחן ביכולת יוצאת דופן להישאר זמן רב מתחת לפני המים בלי לנשום. לעתים קרובות הוא נהג להשתעשע ולהעמיד פנים שהוא נעלם לבלי שוב והוא לא היה חוזר לפני המים עד שאחזה בנו דאגה.

אפילו טרגדיית המלחמה הייתה עבורי הרפתקה מוזרה:

ההפצצות, השריפות, האזעקות, הריצה למקלטים – היו מבחינתי אירועים שאינם ניתנים לפענוח, שלא איימו על חיי אלא בסך הכול הניעו אותם. החיילים נראו בעיניי טובים כולם, וזאת מאז שלקראת סוף המלחמה, איש צבא גרמני צעיר, שהיה מאוהב בבחורה שהתגוררה בבניין שלנו, בא להזהיר אותנו בסתר כדי שנוכל לנקוט צעדי זהירות, שכן למחרת היום עמדו להפציץ את נמל ברוס באמצעות מוקשים.

פרט לאחותי לוּצ׳ינה – בלונדינית, שמנמונת ושלווה, שהייתה צעירה ממני בארבע שנים, ושבילתה שעות רבות בהרהורים תוך שהיא מוצצת את אגודלה ונהגה ללכת אחריי בכניעות בכל אשר הלכתי, בעודה צופה בדרך כלל בהיפראקטיביות שלי – היו לי חברים רבים למשחק. בעיקר מצאה חן בעיניי ילדה יהודייה, צ׳יצ׳י נאוּגֶבאוּאֶר, שהתגוררה קומה מתחתינו. ביתה, שהותר לי להיכנס אליו לעתים רחוקות בלבד, היה מסודר ומכובד, בניגוד לביתי, שהיה תמיד קצת הפוך. לצ׳יצ׳י היה חדר לעצמה, מלא צעצועים ובהם בובות גדולות שדמו לעננים ורודים. חוץ מזה, צ׳יצ׳י כנראה פונקה מאוד, כי בפעמים הנדירות שבהן הוזמנתי לביתה מטרת ההזמנה הייתה לארח לה לחברה בזמן הארוחות, שאם לא כן היא לא הייתה אוכלת. לקראת סוף המלחמה בני משפחת נאוגבאואר עזבו ובדירתם התמקמה משפחה אמידה של סלבים

דרומיים. שני הילדים, שהיו בערך בני גילי, נקראו בְּרַנקוֹ ומִילֶה. האב היה עובד ציבור, האם הייתה גברת יפהפייה, בעלת עיניים שחורות שריסים ארוכים הטילו עליהם צל. הבן הבכור, ברנקו, דמה לה. גם לו היו עיניים שחורות, ריסים מפתים ועור כהה.

בקומה שלי התגוררה מאז ומתמיד משפחת סקָטוֹלָה ולה שלושה ילדים. הבכור, ג׳יג׳י, היה בן גילי וילד ביישן מאוד. הוא מעולם לא פנה אלי ראשון. הוא רק ענה, במהירות ומתוך עכבות, לאיזו שאלה חצופה שבאה ממני. אבל העניין לא הטריד אותי. אני כבר החלטתי, בלי כל צורך לשאול לדעתו, שאתחתן אתו, כך שהפכתי אותו לחברי הכנוע והדמיוני במשחקים רבים, בעיקר באותם משחקים ששאבו את השראתם מחיי הבית.

תודות לברנקו ולמילה ולילדים סלביים רבים שביקרו בגינה שלי, למדתי עד מהרה להתבטא בקרואטית, אם כי לאחר מכן, כשעזבתי את פיומה, שכחתי הכול באותה המהירות שבה למדתי. בזיכרוני צפים, כמו שרידים מטביעת ספינה באוקיינוס, לא יותר משברים אחדים של חרוזים משירי ילדים שאני מכירה את צליליהם אבל שמובנם חומק ממני: cassezigonaiedé siraicrumpira zielahisciaseplema dazigtanche darozanche iossiselanema... לפני שנתיים

התחלתי ללמוד שוב סרבו קרואטית, אולי כדי לחפש את המובנים האבודים הללו.

התחלתי לחשוב לעתים קרובות על עיניו הכהות של ברנקו, ועד מהרה נחישותי להתחתן עם ג'יג'י התרופפה. היססתי מעט בין הנאמנות ובין ההרפתקה, בין המוכר ובין האקזוטי, אבל לבסוף נכנעתי לקסם הסלבי. מובן שברנקו מעולם לא חשד שהוא שותף לחוסר הנאמנות שלי, ומעולם לא ניאות להפנות שום תשומת לב מיוחדת לאיטלקייה הקטנה והפראית.

משפחת סקטולה עזבה לאיטליה לאחר חודשים אחדים, ושנים רבות לאחר מכן נודע לי מפי הדוד אלברטו שהם התיישבו בגנואה ושג'יג'י מהנדס.

19 בינואר 1982

דבר מוזר הוא שחמש שנות בית הספר היסודי שעברו עלי בפיומה הותירו בי לא יותר מאשר זיכרונות לא ממוקדים, שלעתים קרובות אף אינם נעימים. מכיתה ג׳ ועד כיתה ה׳ התנסיתי, בעירי שחדלה להיות איטלקית, במערכת החינוך היוגוסלבית, שבה, פרט לכך ששפת הלימוד הייתה סרבו קרואטית, נקבע מורה נפרד לכל מקצוע. התגעגעתי למורתי האהובה והזקנה, האימהית והסלחנית, שהייתה שולחת אותי לעשות עיטורים במחברות משובצות והייתה משבחת אותי על הערמונים, השמשות ועצי חג המולד, שהיו עמוסים בנרות עקומים שאהבתי לצייר. אותה מורה נהגה לנחם אותי כל אימת שהייתי מזילה דמעות מרות על הדפים שנאלצתי לתלוש בשל החורים שפערתי בהם מרוב שימוש במחק.

שום ילד לא התיידד אתי באורח מיוחד. אני זוכרת רק את קוֹקוֹן, שבכיתה ה׳ היה התלמיד הטוב ביותר מבין הבנים, בעוד אני הייתי הטובה ביותר מבין הבנות. שררה בינינו יריבות אילמת על הבכורה המוחלטת. אני עליתי עליו בלימודי השפה, אבל הוא הצטיין בחשבון, מקצוע שהפך לקרב ווטרלו

האישי שלי במבחן שהציג את הבעיה הקלסית המערבת אמבט עם ברזים, נפח וליטרים לשנייה. בין יתר הזיכרונות הלא נעימים שמור זיכרון של מבחן בעל פה, בכיתה ד׳, בנושא המהפכה הצרפתית. נאלמתי ולבסוף פרצתי בבכי. אולי זה המקור ליחסים הבעייתיים שלי עם ההיסטוריה, שנותרו כאלו גם בשנים שלאחר מכן.

יחד עם זאת, השיממון שאפיין את האווירה בבית הספר עמד בניגוד לנוף משפחתי שהיה מגוון ומעניין למדי. פרט לאמי, לאחותי ולאבי הגדול (שהיה תמיד מעט חסר סבלנות כלפי משפחתו, אם נאמר את האמת, והקדיש לה זמן מועט בלבד, על אף שחש חיבה רבה כלפיה), התגוררו אתנו מהתקופה הראשונה לנישואיהם גם אחיה הצעיר ביותר של אמי, הדוד אלברטו, ואשתו, הדודה אֲדָה. הדוד אלברטו אהב אותי מאוד ואני השבתי לו אהבה, אם כי עשיתי זאת באורח מתנשא ותוקפני. האמת היא שקינאתי מאוד בדודתי. לא סבלתי שבני הזוג ינסו להתרחק, שהם ידירו אותי משיחותיהם, שהם ישנו ביחד בלעדיי. כלפי הדודה אדה הייתי ממש פוגענית. במהלך המלחמה גרבי משי היו מוצר של מותרות, פריט נדיר ויקר ערך, ודודתי, שהייתה צעירה ונטתה לגנדרנות, שמרה עליהם כעל שריד קדוש. פעם אפילו הסתרתי אותם מפניה מתחת לארונות, משם היו הגרביים יוצאים מלאים ב״רכבות״, לזעמה

ולדמעותיה של מי שהייתה לי לקרבן. כשדודיי היו מסתגרים בחדרם, הייתי נוקשת על דלתם בתביעה שיפתחו לי ולא הייתי מרפה עד שהייתי מוציאה אותם משלוותם. לא מפתיע אותי ששנים אחדות לאחר מכן, כשמשפחתי עזבה הכול ויצאה לגלות ושני אחיה של אמי החליטו לקחת אליהם את אחותי ואותי, אחד בוונציה והשני בקומו, הדודה אדה הכריזה: "לא, את מריסה לא". יחד עם זאת, היא קיבלה אותי אליה והייתה לי אם יעילה וגם מלאת חיבה באותם חודשים שחייתי אתם בחדר מרוהט בלידו של ונציה, שם התמקמו השניים יחד עם בתם נדיה, שנולדה זמן קצר לפני גלותם, שנתיים לפני גלותנו.

חיבתו של דודי כלפיי, למרות ההתפרצויות שלי, מעולם לא פחתה. הוא היה מי שפתח בפניי ברוב סבלנות את שערי הקריאה והכתיבה לפני שהתחלתי ללכת לבית הספר. הייתי ממתינה בכמיהה לשובו הביתה, מוכנה כולי, המחברת והעיפרון בידי. הייתי תלמידה מלאת רצון אולם לא מבריקה ביותר, עד כי באחד הימים, בשעה שדודי לימד אותי לחלק להברות, הוא איבד את סבלנותו והכה בעיפרון על ראשי.

לא הצלחתי לקרוא ביחד את שתי ההברות pi ו־pa, שנכתבו בנפרד, כך שהן תיצורנה את המילה pipa. נוכח התעקשותו של הדוד שאקרא אותן ביחד, קודם pi ולאחר מכן pa, ללא הפסקות, אני אמרתי piypa, piypa, כלומר בלי הפסקות,

במהירות גוברת והולכת, במחשבה שהבעיה שלי היא שאני אטית בחיבור הצלילים. לא שכחתי את אותה מכה קטנה על הראש.

הדוד אלברטו היה היחיד במשפחה שלא הסתיר את סלידתו מהמשטר הפשיסטי. הוא ראה את עוולותיו, את שיגיונותיו ואת הגיחוך שבו, עם אותם מפגשים ספורטיביים של ימי שבת שבהם היה עליו להופיע בניגוד לרצונו ולבצע בציבור תרגילי התעמלות גבריים ובריאים. הוריי, לעומת זאת, אהדו את המשטר: אבא בגלל פיתויים ויטליסטיים סלגריאניים[1], ואימא מתוך תמימות. הם נהגו לומר שהדוצ'ה "רוצה איטליה גדולה". יחד עם זאת, הם לא היו חסרי תרבות לחלוטין. אמי הלכה ל"סקואולה צ'יטדינה" ואבי נרשם לפקולטה לכלכלה ומסחר בטרייסטה, אם כי לא השלים תואר, פרט שהוא נהג לשכוח. למעשה, הוא לא הניד עפעף וכינה את עצמו "דוקטור" ומאוחר יותר, בשנים האחרונות הוסיף את התואר "קולונל", בוגר מערכות דמיוניות באפריקה שבהן ספג כביכול פציעות

1 הכוונה להשפעה של ספרי ההרפתקאות של הסופר האיטלקי אמיליו סלגארי (1911-1862), שזכה להצלחה עצומה בקרב הנוער שוחר ההרפתקאות והיה גם מחלוצי המדע הבדיוני.

עמוקות ונראות לעין באחת מרגליו, שמקורן האמיתי היה ככל הנראה שחפת עצמות שלקה בה לפני שהתחתן.

אבי הצליח תמיד לשנות ברוב שמחה את עברו בזיכרון ולשנות את חייו, שידעו תהפוכות וסיפוקים אמיתיים, פרקים של סבל והתאוששות עיקשת, לכדי רומן נועז שכולו הרפתקאות ומעשים רבי תהילה, שבסופו של דבר הוא האמין בעלילתו. יחד עם זאת, הוא נתמך תמיד על ידי אמונה חסרת פשרות בגורלו הטוב. "אני מרגיש שאמות עשיר," כך הוא נהג לחזור ולומר כל אימת שהיה ממלא את טופס ההגרלה או קונה מידיהם של סוחרים ערמומיים באזור נמל טרייסטה, תמורת סכומים קטנים, מצלמות, שטיחים, שמיכות, מצתים ופריטים חסרי חן משנהב שהוא קיווה למכור ברווח גדול, אבל שסופם היה שהם נשארו בביתנו כמטרד.

21 בינואר 1982

ביום שני שעבר נפגשתי עם מר טֶמפּוֹרין, אמן חציבה באבן מצֵ׳רוויניאנו, כדי לסכם את הפרטים והתקציב של פרויקט הקמתה של אחוזת קבר משפחתית שקלאודיו ואני קנינו, בעיקר כדי למלא את רצונה של סבתא. אחוזת קבר גדולה ובה שמונה מקומות.

בחודש ספטמבר, כשפניתי לעירייה, למחלקה 12, למדור בתי הקברות, הפקידה האדיבה הראתה לי את מפת הקברים הפנויים, הסבירה לי את היתרונות והחסרונות של קברים אלו ואחרים, ושאלה אותי האם אני מעדיפה נוף לפּוֹג׳י סנט אנה או למשרפה. לאחר שפסלתי את המשרפה בשל הריחות הרעים, שתמיד הייתי רגישה להם מאוד, בחרתי לבסוף במקום הקרוב ביותר לבאר הכפרית הקטנה היחידה בסביבה, כדי לחסוך לקרובינו כברת דרך ארוכה מדי כשיהיה עליהם להחליף את המים של הפרחים.

יחד עם אדון טמפורין בחרתי בשיש אאוּריזינה, החלטתי על ממדי המצבה, המדרגה והכד, בחרתי את סוג החרסינה, וגם את אורך צלב הברונזה שעתיד להיות הקישוט היחיד. הסכמנו

גם על דרך התשלום. אדון טמפורין יעץ לי ברוב נועם מה מתאים ביותר והעמיד לרשותי את ניסיונו רב השנים.

אבי ואמי ינוחו כאן באחד הימים זה לצד זו, ושוב יהיו ביחד.

23 בינואר 1982

עוד לא אמרתי דבר על אודות הרכישה לסבתא אָנקָה. אני מעדיפה לא לשמח אותה בכך עד שאביא אותה אל המבנה המוגמר עד תום, עם שמו של סבא ג׳יג׳יו כתוב באותיות ברונזה. ארגיש גאָה. דומה שלשתי הסבתות שלנו יש חולשה לאחוזות קבורה משפחתיות. מבחינתן זהו עניין תדיר לשוחח עליו ולהתגאות בו בפני מכרים וקרובי משפחה. סבתא אנקה במיוחד עסוקה מאוד בטיפול במתיה השונים, הפזורים בין סרביה ופְריול־ונציה יוליה.

אנקה גרקוביץ׳, אלמנתו של פּוּהָלי, אלמנתו של בֵּליץ׳, אלמנתו של גרֶגוֹרוּטי ולמעשה גם אלמנתו של מדיירי, אומצה בידי משפחתנו והועלתה לדרגת סבתא לאחר שהפכה, בגיל שבעים ומשהו, לבת זוגו האחרונה של אבי, שגם הוא מצדו אלמן זה שנים אחדות, ושכל המשפחה מכנה בשם סבא ג׳יג׳יו. היא לא נישאה לו כדי לא להפסיד את הגמלה מבעלה האחרון, ״המנוח״, שקיבל את שמו לפי כינויו. היא נולדה בבלה צְ׳רְבְקָה, ליד בלגרד, בגבול עם רומניה, לאם רומניה ולאב סרבי, בעל אדמות וסוחר, שהיה אחראי על האספקה לכוחות

ההונגרים שחנו באזור. כל אימת שהתחתנה היא עשתה זאת תוך שהיא מבקשת לעצמה מטרות ברורות בכל הנוגע ליעדים של רכוש ומעמד חברתי מכובד, והיא שירתה בנאמנות ובקפידה כל בעל עד מותו. מוויוֹדינה ועד דַלמָציה, מדלמציה לאוּדִינֶה, מאודינה לטרייסטה, מסלול נישואיה נעצר בינתיים ברחוב פיקרדי. אבל אני מעזה לקבוע שזו תהיה תחנתה האחרונה. אבי לא היה רק עוד משׂרה, רצינית ובת החלפה, אלא מפגש מאוחר של אהבה. כתוצאה מכך, סבתא אנקה אוהבת מאוד את אחותי ואותי וכן את משפחותינו. ילדינו הם בעיניה נכדיה ויש לה חולשה מיוחדת כלפי פאולו כיוון שהוא דומה מאוד לסבא ג׳יג׳יו. כספינה סחופה מציביליזציה אפלה, חקלאית ופאודלית, היא נזקקה לזמן לא מועט כדי להבין שאין לנו חישובי אינטרסים ביחס אליה ושלא רוחשות בנו טינות לאומניות או חוסר סבלנות מהסוג הכלכלי, אלא שאנו מקבלים אותה ואוהבים אותה כיוון שעלה בידיה להרגיע את שנותיו האחרונות של אבינו, שלאחר מותה של אימא הצטמצם לכדי קיום שהזכיר תולעת. מבחינתה הייתה זו הפתעה להיכנס למשפחה שבה רגש התודה והחיבה נחשבים יותר מכסף, עניין שחושבים עליו רק כשהוא חסר. כשאבי נפטר היא ציפתה שכדי לחלק בינינו את הירושה, אחותי ואני נמכור את הדירה שבה היא נכנסה לגור עם סבא ג׳יג׳יו לאחר שחיסלה באומץ

רב את כל נכסיה. היא הופתעה כשהזמנו אותה להישאר בדירה ללא הגבלת זמן.

הביקורים שלה בביתי, קצרים ומוצנעים תמיד, הם עבורי מקור לשעשוע מלא חיבה. אם אני נענית לה, היא מתחילה לספר סיפורים ארוכים ביותר על אודות אירועים היסטוריים הקשורים למחוזותיה, בָּנאטוֹ, סלובניה, סרביה, הונגריה, רומניה, סיפורים שעולה מהם רגש של גאווה של גזע ושל מעמד, יחד עם דעות קדומות מהסוג האנטישמי, שנאה עמוקה כלפי טיטו ונוסטלגיות מלוכניות. היא מאריכה בתיאורים מפורטים של אנשים, תמיד באזור הדנובה, כשהיא מביאה בחשבון רק את תפקידם החברתי. היא מיידעת אותי בפרוטרוט על אודות אילנות היוחסין, תוארי האצולה והלימודים, ההכנסות, החתונות, הצאצאים, הגורל והאסונות בחייהם של האלמונים הללו, ותמיד בהתייחס לתוצאות שהיו לדברים מבחינת הרכוש. היא אינה מתייחסת לעולם למראה הפיזי, למזג, לאיזה ספק, לאיזו עווית אופיינית, לאיזו הבעה של שמחה או של ייאוש. שום פסיכולוגיה. על פי ראיית העולם שלה, התרגשות וחמלה כפופות למודעות הקשה והעשויה ללא חת ביחס להיותם של האירועים בלתי נמנעים. מעולם לא שמעתי אותה מתלוננת, אפילו לא בבית החולים, שבו אושפזה יותר מפעם כדי לעבור ניתוחים רציניים. היא מעולם

לא הזילה ולו דמעה אחת על הקשיים ועל הבדידות שהיו מנת חלקה. ראיתי אותה בוכה רק כשאבי נפטר.

לצדה, סבא ג׳יג׳יו חזר בשמחה לימי ילדותו, שב לפגוש את אמו, כפי שהעירה על כך אחותי. סבתא אנקה אכן טיפלה בו בחיבה ובמסירות. היא דיברה אליו בגרמנית, שפת אמו של אבי, נהגה להכין לו ממטעמי המטבח הסרבי וההונגרי וכך השיבה לו את הטעמים והריחות של הפפריקה, הבצל, הקינמון, זרעי הכמון והפרג, ופרט לכך גם גרמה לו לנסוע ללא לאות. סבא ג׳יג׳יו מצדו גרם לה לאושר בכך שנהג לנשק את ידה ולגלות כלפיה גינונים מתקופה אחרת, וגם תודות לטוב לבו המולד. דמותו גדלה בעיניה כשהוא היה מספר לה את הרפתקאותיו המיתיות בפתיחות של נער, וטען באוזניה שהוא שולט בשבע שפות (הוא דיבר ארבע, ברמה בינונית), והתגאה בספרייתו, שלמען האמת הייתה עשירה למדי.

סבתא אנקה ממשיכה להאמין שהוא לחם באפריקה, נשא דרגה של קולונל ושהוא היה גבר תרבותי לעילא. היא שומרת על ספריו בקפידה ובחרדת קודש.

26 בינואר 1982

לפני זמן מה שידרו בטלוויזיה את "גבירת הים" של איבסן, סיפור מעודן העוסק בחלום, בפנטזיה מלנכולית, ברצון לא מוגדר. מראות הקיץ הנורדי הממהר לחלוף, הפיורד האפל שהספינה מפלסת בו תלם, כשליחה מהאוקיינוס הלא ידוע, העניקו קול לנוסטלגיה שקיימת גם בתוכי. אולם מדובר בנוסטלגיה למה שהיה ולמה שהווה, לא לעתיד שונה ואמיתי שאני דווקא חוששת מפניו, כיוון שהוא ממלכת השינוי. לפני שמונה עשרה שנה עליתי על סיפון הספינה ההיא המפליגה אל הלא נודע והכרתי את הדברים שאֱלִידָה חלמה עליהם, את השחפים, את הדולפינים, את הסיכונים והרוחות השלוות, את הגלים ואת נצנוץ הצהריים.

הגרעין העתיק ביותר של הנוסטלגיה שלי מצוי באי אדריאטי, בין שיחי מרווה ריחניים שמכסיפים את האבנים ואת הקצף "שבלב ים, היו בנות ים". אולם באותו אור שלֵו, נטול זמן, חלף רמז מקדים לשקיעה. האי אינו זר עוד לסתירה.

3 בפברואר 1982

במרכז פיומה, ליד כיכר דנטה, התגוררה סבתא קוּאַרַנטוֹטוֹ, יחד עם סבא ומשפחתה של הדודה נינה, שבאותם ימים היו לה שני ילדים בלבד, אֶנצוֹ ואֶלזה. הצעיר, איטָלוֹ, נולד מאוחר יותר בטרייסטה, בסילוֹס.

לבית היה שער מלכותי, אפל כמו מערה, מעוטר בחלקו החיצוני בשתי קריאטידות מרשימות, שהיו מוגנות על ידי כרכוב העמוד, ושנדמה שהן מחזיקות את כל הבניין. גם הדירה הייתה אפלה ונדמה שאין בה חלונות. סבתא לא הייתה מיודדת עם האוויר והאור והקפידה שהתריסים יהיו מוגפים תמיד. היא הייתה נשמת הבית. האחרים, ובמיוחד סבא אנטוניו, היו לוויינים שסבבו סביב כוכבה המסיט מהמסלול. סבא אנטוניו היה זקן קטן ושלֵו, חולה אסתמה וכפוף גו, כמעט ללא צוואר, שנפטר בקוֹמוֹ חודשים מעטים לאחר היציאה לגלות. הוא נולד בדַלמָציָה, בּרָגוּזָה, והיות שהתייתם בגיל צעיר הוא החל לעבוד כטבח בספינה. מאוחר יותר הקים מסעדה בפיומה, "לויד", שעם השנים הייתה עתידה להיות אחת המסעדות המפורסמות והמעודנות בעיר.

המסעדה פשטה את הרגל לפני מלחמת העולם השנייה, וסבא פתח בית קפה בקרבת מקום, בית קפה מלנכולי שאני זוכרת אותו מוזנח, אפוף עשן וריק תמיד, ומעוטר רק בציפוי הירוק של שולחן הביליארד הגדול.

סבא היה כנוע לחלוטין, כך שלא היו אתו בעיות של דו קיום, אבל עם בתו ועם חתנו, רודי, היחסים היו מתוחים מאוד, והוויכוחים פרצו תדיר. סבתא מריה, שלמרבה התמיהה קראתי לה בשם משפחתה, סבתא פיליפינה, נולדה בסן קוֹלוֹמבָּנו, ליד מוּג׳יה, למשפחת איכרים. מהרקע הכפרי שלה השתמרו בה הנוקשות והאכזריות. היא הפרידה את אחיה לשתי קטגוריות. היא דיברה בהערכה על מתיאו, שהיה פועל במספנות במוֹנפַלקוֹנֶה, ועל ג׳יורדָנוֹ, שהיה בעברו צוללן, ושבנו אֶרנסטו, טייס מבריק, נהרג בתאונה. היא בזָה לדוֹמֵניקוֹ, שהמשיך להיות איכר, כמעט שנאה אותו; כך גם התייחסה לרוסינה, הנבערת והמדיפה ריח עז של טבק, וגם לתרזה, האחות הצעירה, שהיא ראתה בה סוטה מדרך הישר, שכן גבר אלים ושתיין פיתה אותה ולאחר החתונה המתקנת מיהר לנטוש אותה. הילדה שנולדה בבושה נפטרה בגיל צעיר מאוד והייתה האור היחיד בחייה של אותה דודה, שמשהייתה לקשישה החזיקה בחדר העלוב שבו התגוררה בגפה תצלום של הילדה, תצלום דהוי ובלוי מרוב זמן ונשיקות. לדודה תרזה

הייתה חולשה לאחותי לוּצ׳ינה, שכינתה "תלתלי זהב קטנים", קרוב לוודאי כיוון שראתה בה דמיון לבתה.

סבתא הנחילה את החלוקה הזאת לקסטות לילדיה ולנכדיה. אמי, הבת הבכורה והמתוקה ביותר, הייתה המועדפת, וגם באלברטו, הצעיר בחבורה, היא הביטה ברוך. את שני האחרים, ויטוריו וּנינה, ובמיוחד את נינה, היא לא סבלה. מקרב הנכדים, המועדף היה אנצו, שנולד בביתה, ולאחר מכן הייתי אני, כיוון שאני בתה של יוֹלֶה. שתי הנכדות האחרות והצעירות יותר נחשבו לתוספת לא רלוונטית ואף זכו לבוז כבנות. לסבתא הייתה למעשה דעה אפלה על בנות מינה ועל תפקידיהן, ונהגה להגדיר את האישה כ"בִּיוּב".

היא הייתה אנאלפביתית למחצה ופקחית ביותר, ובנעוריה הייתה יפהפייה. יש לי תצלום שבו היא מופיעה יחד עם סבא וארבעת ילדיהם, אותם ילדה בזה אחר זה, ועלי להודות שהיא הייתה אישה שניחנה בקסם מיוחד. אימא סיפרה לי שבמהלך מלחמת העולם הראשונה שלחו אותה לכפר, כיוון שהיא הייתה הבת הבכורה. שלחו אותה לסֵמֵדְלָה, שם התגורר הדוד דומניקו, כיוון שבפיומה המשפחה עברה ימים קשים. אימא נשארה בסֵמֵדְלָה מגיל שש ועד גיל תשע ורעתה את הפרות, צְ׳בִיקָה וסטלה. בסוף המלחמה, כשסבתא באה לחפש אותה, אמי, שכמעט לא זכרה אותה, חשבה שהיא רואה לפניה את

הבתולה הקדושה. למין אותו יום, אמי הייתה היחידה מכל האחים שנהגה לפנות לסבתא בגוף שלישי, על דרך הכבוד. אפילו כשהייתה קשישה, סבתא שימרה חזות מלכותית, תווי פנים אציליים ושׂער לבן נהדר, דק ובוהק כמו משי, על אף שנהגה לחפוף אותו לעתים רחוקות ביותר.

7 בפברואר 1982

במסגרת מפגש שהתקיים ביום שישי שעבר בתיאטרון ושעסק בשאלת החיים בראשיתם ועל חיי הקשישים, הצגתי בקצרה את הפעילויות של Cav[2] בטרייסטה. זאת הייתה הפעם הראשונה שבה דיברתי בציבור. לא היה לי קל לגבור על התנגדות מולדת, על האהבה לצללים, אבל למזלי לא הייתי לבד על הבמה. מצאתי את עצמי בין דוברים אחדים, פסיכולוגים, רופאים ונציגים של ארגוני מתנדבים שונים. אולם מעל לכול, ידעתי שבאותו רגע אין כל חשיבות לדמותי, שאני קול ותו לא, עדות. הייתי נרגשת אולם לא במידה שיכולתי להתרגש לפני שנים אחדות. יש דבר מה טוב בכך שאדם מזדקן. נוספת לך מידה של שלווה, של מודעות, ובה בעת גם של צניעות. מְשָׁרֵת חסר תועלת, כך כתוב במעשה השליחים.

2 "המרכז לסיוע לחיים" – אגודת מתנדבים שמטרתה לסייע לאימהות רווקות, בעיקר בכל הנוגע להיריון, כדי למנוע מהן לבצע הפלה ולעודד אותן ללדת את פרי בטנן. האגודה מסייעת לאימהות בכל הקשור במגורים, בעבודה, בשחרור מאימתו של גבר אלים, וגם בהבטחת חינוך והשכלה לילדים בשנותיהם הראשונות.

כך חשתי, ובעוצמה מיוחדת, באחד הימים באביב שעבר, בשעה שעשיתי את דרכי במורד רחוב קָפִּיטוֹלִינָה. היה זה מאי של משאלי העם. בין העלווה סחופת הרוח של עצי הערמונים ההודיים בפריחתם, יכולתי לראות את הכיפות הכחולות ואת גגות הרעפים של עירי המחוספסת, וברקע את הים הבוהק. פתיחותם המשוחררת של אנשים רבים כל כך, נטייתם להתפלפל, שטחיותם, לעתים קרובות מתוך כוונה טובה, אפילו בקרב אנשים שאני אוהבת, בכל הנוגע לסוגיית ההפלות, כאבו לי מאוד, ויותר מכך כאב לי מיעוט הכלים שלי וחוסר כישרוני בבואי להנהיר את הנימוקים של המערכת המשפטית. לו רק היו בידי הקלע של דוד והמגן של אכילס כדי להגן בהם על האחרון, על הנשכח מלב, על הרָמוּס. בכיתי והתפללתי. אין זה קל לקבל את חוסר היכולת שלך.

בקלאודיו מצאתי את הקול ואת הכוח שלא היו לי כדי להגן בהם על ערכינו הקשים. חיינו ביחד, שמתגלה בהם פריחה חדשה, חייבים גם לכך את ההבנה שלו, המעמיקה והולכת, את האושר של מיהוֹלָשְׁצ׳יקָה, את המסע למלכוּת אלפי השנים.

9 בפברואר 1982

אילו סבתא קוארַנטוֹטוֹ הייתה עדיין בחיים, ואילו ראתה שבין אלו שהקשיבו לי היו הבישוף ובעלי סמכות רבים אחרים, היא הייתה חשה גאווה עצומה. השטן של חייה אכן היו ההצלחה והכוח. היא סגדה לשניהם כמו לאלילים ורדפה אותם, ובמסגרת האפשרויות שלה גם השיגה אותם. בשאפתנותה האדירה עלה בידה תמיד לגרום לכך שיחלו את פניה, שיחששו ממנה, שישרתו אותה, וכשהייתה כבר בזִקנתה, גם עלה בידה שיסגדו לה כמי שהיטיבה עם הפליטים, כמעט כקדושה.
בשנות שיא הצלחתה של "לויד", היא הייתה מתהלכת לה בין השולחנות בגינונים של מלכות, מטרוניתה רבת כוח, במופעים קצרים, מפזרת חיוכים מיטיבים, ונעלמת בין הקלעים של בימתה. הלקוחות השתחוו בפניה, המלצרים חששו מפניה, סבא ציית לה. הדודה תרזה שימשה טבחית – שמנה, מיוזעת ושחוקה מתשישות, ואילו הדודה נינה הייתה עובדת המטבח הזוטרה.

אמי, בחורה בת עשרים, עבדה בקופה. אולי לכן אבא היה למבקר קבוע במסעדה. הוא נהג להגיע על אופנוע, ששימש

אותו לסיבובים שעשה ברחבי איסְטְרִיָה לצורך עבודה, והוא היה נכנס למסעדה במגפיים שחורים, מאובקים, במשקפי אופנוען נועזים ובקסדה. על פי רוב הוא היה מזמין בירה, ובשעה שהיה משלם תמורתה הוא היה מבלה דקות אחדות בחברת הקופאית הצעירה והביישנית, ששׂערה שחור כפחם וחיוכה אומר תום.

עם הזמן תדירות הבירות עלתה, עד שסבתא החלה לחשוד. אינני חושבת שהיא הייתה מקבלת ברצון שום גבר שהיה מחזר אחר בתה המועדפת, אולם היא תיעבה באורח מיוחד את אותו צעיר אתלטי ויהיר. באורח טבעי, הדחייה הייתה הדדית. יותר מכול חש אבי דחייה כלפי החוצפה שבה סבתא משלה בבעלה. באחד הימים התפוצצו רגשי העוינות באורח לא צפוי.

מה שקרה הוא שסבא הזמין, בלי לשאול לדעתה של אשתו, מנורות קטנות כדי לתלות אותן בחוץ בלילות הקיץ. כשהן הגיעו, סבתא זעמה באורח גלוי והחלה לקרוע את הקבלות בעודה צועקת על בעלה שהמנורות מיותרות לחלוטין. אבא, שבאותה שעה היה ליד הבר, שותה את הבירה שלו כהרגלו, זעם נוכח ההשפלה הפומבית של סבא והשליך את הכוס שהייתה עדיין מלאה על פניה של סבתא. דוניה מריה, שחקנית מחוננת, צנחה מעולפת במחווה מלודרמטית חגיגית. ואז אבא פנה למלצר: "ג'יובני, תביא לי עוד בירה, ככה נעיר אותה".

לשמע המילים הללו סבתא קמה, חיוורת מזעם, וצעקה הישר בפניו שהיא מעדיפה לראות את בתה מתה מאשר לתת לו אותה לאישה. הטינה המרה הזאת לא פסה מעולם, גם לא כשאבי, מתוך אהבה לאימא, קיבל לביתו את סבתא, שהייתה כבר קשישה, בעוד היא ממשיכה להרוס בנִקלות את החלשים ביותר.

ואולם סבתא קוארנטוטו לא הייתה היחידה שהעמידה מכשולים בפני נישואי הוריי. גם סבתא מדיירי התנגדה להם בנחישות. ככלתה העתידית היא בחרה יורשת הונגרייה עשירה, שהייתה ככל הנראה יפה מאוד, אבל סבלה מליקוי מאוד לא נעים בהגייה. אבי נהג לומר שהייתה לה "פעמונית מכסף". מעולם לא הבנתי את פשר הביטוי. בכל אופן, בעיני אבא היא לא מצאה חן. כך הסתמנה התנגשות נוראה למדי. סבתא מדיירי נשבעה שהיא לעולם לא תיתן את הסכמתה לחתונה עם אימא ואיימה להקים מהומה בכנסייה. החתן והכלה נאלצו לנקוט תחבולה כדי להימנע מפעולות תגמול מצד שתי החמָיוֹת, שהיו מאוחדות, רק נוכח הנסיבות ההן, בהתנגדות משולבת. לאחר מכן הן תיעבו זו את זו ומעולם לא באו במגע.

10 בפברואר 1982

בכל מילה שניתנת ומתקבלת, בכל מחווה ובכל מחשבה, בכל מקטע, ולו קצר ומקרי, של קיומנו ושל קיומם של בני אדם אחרים, יש דבר מה שברירי ודבר מה שאי אפשר ללחום נגדו, דבר מה בטל ודבר מה שאי אפשר להורסו.

בקיץ, כשאנו חולפים תחת כנסיית וילה דל נֵבּוֹזוֹ, הקרויה כיום אילירְסְקָה בִּיסְטריצָ׳ה, הניצבת על פסגת גבעה קטנה, ליד תחילת העלייה המובילה לסְבִּישצָ׳קִי, נדמה לי ששולי הזמן נוגעים זה בזה, שגלימתה העוטפת נעשית שקופה. הוריי עדיין מתחתנים שם למעלה, אימא עדיין חולפת ברדיד הלבן שלה המתנפנף גלי, חולפת בין הקברים בבית העלמין המקיף את הכנסייה, והשחר של חודש אוגוסט כבר חמים ושלֵו תמיד.

אימא ואבא קיימו כאן את חתונתם, בסתר, בשעת בוקר מוקדמת מאוד ולעיניהם של העדים בלבד. מחשש מפני האימהות מכל צד הם ביצעו את ההצהרה הפומבית על כוונתם להינשא וקבעו את הטקס בכנסייה בפיומה, אבל לאחר מכן השיגו בסתר את היתר הנישואין בווילה דל נבוזו. הם לא הודיעו לאיש, גם לא לבני משפחתם הקרובים ביותר.

על אף ההתחלה הרומנטית, מנישואיה אימא זכתה לכאבים יותר מאשר לשמחה. היא עברה מהרודנות של אִמהּ לרודנות של חמותה, אִתה נאלצה לחיות במשך שנתיים לאחר הולדתי. אבא, שסגד לאמו, לא הבין את אומללותה של אשתו הצעירה, שהייתה חלשה מטבעה ושועבדה בידי מי שהייתה חזקה ממנה. לאחר מכן הוא אפילו לא שמר לה אמונים, אף כי אהב אותה מאוד. אני קלטתי את הסיבות לדמעותיה הכנועות של אימא, שסבלה בדממה בלי להעז להתקומם. לעצמי חשבתי: "אני לא אבכה." לא סלחתי לאבא על כך שחיפש נשים אחרות לאחר שנישא ליפה ולמתוקה מכולן.

אימא רצתה שלבנותיה יהיו חיים אחרים. היא תמיד דחקה בנו ללמוד ולהשיג לעצמנו עמדה של עצמאות. אנו, שתינו, חייבות את העובדה שהייתה לנו האפשרות להשלים את הלימודים ולממש בחירות חופשיות בעבודה ובכל תחום בחיינו לה ולעמידתה העיקשת נוכח הקשיים.

13 בפברואר 1982

היינו בקֶרזוֹ כל היום והזמנו לקיץ הבא את החדרים שהיינו בהם בשנה שעברה, שני צעדים מהחוף.

ההמיה הרכה של הים, והאוויר הצלול והמבושם בניחוח האצות היו מלאים בהבטחות של בוסר. הרוזמרין כבר היה בפריחתו, מיהוֹלַשצ׳יקָה, יולי 1981; שיר השירים ז׳, 12.

17 בפברואר 1982

הימים של פרשת פיומה, שנכבשה בחודש ספטמבר 1919 על ידי אנשי הלגיון של גבריאלֶה ד׳אנונציו, סימנו את מה שהייתה אולי התקופה המסעירה ביותר בחייה של סבתא קוארנטוטו, שהייתה אז עדיין צעירה, ושבאווירה מלאת הריגוש שלאחר המלחמה החלה לגלות עניין פעיל בפוליטיקה וללחום למען האיטלקיות של העיר. בתקופת העוצרות של קַרנארוֹ[3], שנמשכה חמישה עשר חודשים, "לויד", שנחנך זמן קצר קודם לכן, היה למקום שאנשי הלגיון נהגו לאכול בו כמעט חינם אין כסף. היות שכך, לא חלף זמן רב בטרם החלו הקשיים הכלכליים של המסעדה, ששנים אחדות לאחר מכן, על אף שנהנתה מחוג לקוחות גדול ונאמן, פשטה את הרגל. ואולם סבתא מעולם לא ביכתה את הדבר ושמרה בלבה את

3 הסופר גבריאלה ד׳אנונציו הכריז בספטמבר 1920 על עוצרות איטלקית בפיומה, לאחר שתפס את העיר ב־1919 בראש לגיון של תומכים, במטרה להבטיח את אופיה האיטלקי של העיר.

הזיכרון הזוהר של אותו "משורר חייל", שככל הנראה העניק לה מדליה כאות הוקרה.

אפילו חוויית הגלות והחיים במחנה הפליטים בטרייסטה, שנים רבות לאחר מכן, לא שברו אותה. להפך, גם בקרב אותם אנשים אומללים עלה בידה לבלוט. על אף שהייתה כמעט אנאלפביתית, היא נעזרה בדוד אטיליו, בעלה של אחייניתה אלווירה, ששימש לה מזכיר, ויצרה קשר עם הנציב פָּלוּטאן, עם ראש העיר בָּרטוֹלי ועם הבישוף, מונסניור סַנטין. היא הקימה בית תפילה בתוך סילוֹס, ועלה בידה להביא לכך שתתקיים שם מיסה בימי ראשון. במהלך הביקורים הרשמיים היא הייתה מי שקיבלה את פניהם של אנשי הרשויות, יחד עם המנהל גאלָה, והיא הייתה מי שהציגה את צורכיהם השונים של הפליטים. בה בעת, בעודה חולקת את ה"בּוֹקס" שהוקצה ליחידות המשפחתיות השונות, ראשית עם משפחתה של הדודה נינה ולאחר מכן אתנו, היא המשיכה לענות את בנותיה, את חתניה ואת נכדיה מתוך להיטות לשלוט. היא בזָה לדודה נינה כשהיא הביאה לעולם את בנה השלישי בתנאים ההם, התעמרה בנכדותיה אלזה ולוצ'ינה כיוון שלא היו תלמידות טובות, ובשני חתניה כיוון שלא עלה בידיהם להשיג עבודה.

18 בפברואר 1982

תום המלחמה ותחילת הכיבוש היוגוסלבי הביאו אתם מבחינת משפחתי תקופה ראשונה של פחד, חשדנות ורישום כתובות מגורים. ה"אוֹזְנָה", המשטרה החשאית שהכול חששו מפניה ושעצם שמה גרם להוריי להחוויר, באה לביתנו בוקר אחד כדי לשאול אותנו האם יש לנו כלי נשק למסור. בעוד אמי אומרת שלא, אני, שנתקפתי אימה והייתי מופתעת, שאלתי אותה בנוכחות הסוכנים כיצד ייתכן שהיא אינה זוכרת את האקדח שאבא הסתיר מתחת למזרן. למרבה המזל, באותו יום אכזריותם של אנשי ה"אוזנה" התרככה נוכח דמעות הייאוש של אימא, שירדה על ברכיה, ונוכח האמון הלא צפוי שגילתה כלפיהם ילדה שלא ראתה בהם אויבים. האקדח הוחרם, אבל הם לא פגעו בנו בשום דרך.

לאחר מכן באה עד מהרה תקופה של שלווה יחסית. אבא, שפוטר במאי 1945 ממשרתו כסגן מנהל האיחוד המחוזי של פיומה בהתאחדות החקלאים, מצא עבודה זמן קצר לאחר מכן כמנהל חשבונות באיזשהו משרד, קרוב לוודאי תודות לכך שידע סרבו־קרואטית. אימא כבר לא נאלצה לבשל רק

שעועית יבשה ולעמוד בתורים ארוכים, לאחר שיצאה עם שחר כדי להשיג שתי ביצים ומעט חלב בשוק השחור. אני מיהרתי להתיידד עם הילדים הסלבים שבאו לגור לידנו, בבתיהם של איטלקים שהחלו לעזוב בהמוניהם. לא הבנתי את ייאושם ואת הטינה האילמת של הוריי, שלא הסכינו לראות כיצד אופיה של עירם משתנה על ידי מלבושים חדשים ופנים חדשות, על ידי הריקודים העממיים, כגון ה"קולוֹ", שאנשים רקדו בכיכרות ובגדות הנהרות, ועל ידי הגעתם של המוני סרבים, קרואטים, מקדונים, בוסנים ו"בּוֹדוֹלי"[4]. הוריי כינו אותם "צינגָני", בין אם בשל לבושם הצבעוני ועורם הכהה של אחדים מהם, ובין בשל התנהגויות מסוימות שהיו רועשות ולא נוחות, שנוספה להן יהירותו של המנצח.

בשלוש השנים שלאחר מכן, הייתה לי תחושה שאני חיה חיים שלווים יותר, בלי הריצות למקלטים, בלי חוסר הנוחות והמחסור במזון שאפיינו את תקופת המלחמה ושגרמו לי לנוזלים ברֵיאות, בעיה שנרפאתי ממנה באורח יוצא מן הכלל תודות לשירות הבריאות היוגוסלבי, במרפאה למניעת שחפת

4 Bodoli – כינוי לאוכלוסיות סלאביות שהגיעו לפיומה מאחדים מהאיים האדריאטיים.

ליד לובליאנה. בנוסף לכך, לראשונה התאפשר לאימא לצאת יחד עם בנותיה לחופשת קיץ באַרבֶּה.

בארבה התגורר אח חורג של סבא אנטוניו, הדוד קונסטנטֶה, שאחיינו, יורֶה, התנדב לארח אותנו בביתו. הדוד יורה היה נפח צעיר שבית המלאכה שלו היה בחצר הבית, ששם היו גם שני כלבים שחורים נהדרים. היה זה חודש יולי ודודי עבד בגוו חשוף. לעתים, עם שובי הביתה, הייתי מתבוננת בגזרתו השזופה והמפוסלת, ובכלבים האריסטוקרטיים שלו. אהבתי לסדר לו את הבית, שהיה ביתו של רווק, ללא קישוטים ומעט גדול מדי לאדם בודד, והרגשתי מאושרת מאוד כשהוא ביקש ממני ללמד אותו שיר איטלקי. מסבא אנטוניו למדתי רומנסה יפהפייה שדיברה על סנונית ואחד מגוזליה שאינו שב לקן. הדוד למד את השיר בשקדנות והבטיח לי שבתמורה הוא ייקח אותי לשוט בסירת המפרש שלו. באחד הימים, בשעה שטיילתי בנמל הקטן של האי, זיהיתי את המפרש הלבן של סירתו, שזִגזג בים שסער ברוח. המתנתי זמן רב לשובה של הסירה אל החוף, במחשבה על ההבטחה. אולם מסירתו ירדה ברוב חן גם בחורה יפהפייה ומחייכת שדודי עזר לה בתשומת לב רבה. אני הסתתרתי מפניו ולבי ריק, אחוזה תחושה אפלה שדבר מה נלקח ממני.

יחד עם זאת, הימים בארבה היו ימים של אושר מוחלט.

הסמטאות הצרות בכפר, האבנים החלקות על החוף, יער האורנים שהגיע עד לים, ריח השרף, המוזיקה בבית הקפה בלילות החמימים ופניה היפהפיות והשלוות של אמי הצעירה, היו עבורי מקור לתובנה ראשונית שיש מקום אחר, גן עדן חדש שאפשר לאבדו.

1 במרץ 1982

הנסיעה ברכבת מפירנצה ארוכה. במשך זמן רב אתמול נתתי למבטי ולמחשבותיי להחליק במהירות מעבר לחלון. לאחר מכן, כשעלילת שנותיי התעבתה באורח פתאומי וכואב, השענתי את ראשי ועצמתי את עיניי מתוך רצון להימלט, רצון לחשכה, לנחמה.

שיקפתי את הפנים בלילה, ובקיץ השברירי של תווי פניי ראיתי את דמות המזחים והמפלסים של האי אלסינו, עברתי בעמקים הבהירים של הנעורים, הלכתי בשבילי הזמן, הזיכרון והשִׁכחה.

4 במרץ 1982

פעמיים בשבוע וָלֶרְיָה באה לביתנו לבלות את אחר הצהריים ולהיות מעט בחברת דודניה. ולריה לא זכתה לשמחה ולחוסר הדאגה של הילדות. אין לכך כל הסבר. המחלה הנוראה שהיכתה בה לפני שנים אחדות הותירה בה חותם של מרירות. יחד עם זאת, יחסיה עם פרנצ׳סקו ופאולו, שממשיכים לשחק ולהתלוצץ אִתה כתמיד, בטבעיות רבה, לא השתנו כלל.

תודה, ולריה, על הכבוד העצמי שאת מגלה בסִבלך, על חוכמתך הדוממת והמושפלת, שלא חדלה ולו לרגע מלהבין, תודה על כל האהבה שאת מעניקה לנו בשפע. כמה עניים היו חיינו ללא חִנך האדיב, ללא תווייך המעודנים, ללא מבטך המתוק והמלנכולי, שכולו עומק. בגיל עשר את אישה קטנה־גדולה.

19 במרץ 1982

יש ימים שבהם אני מביטה לאחור ברצון, ואילו בימים אחרים העבר נעשה עמום וחמקמק. האינטרסים הכרוכים בדברים גוברים. לאחר מכן, באורח לא צפוי, החוט הסמוי של הזמן האורג את חיינו מגלה את ההמשכיות העיקשת שלו. קרע, קפיצה של הלב. הכול נוכח עדיין.

בין 1947 ל־1948 האיטלקים שהיו עדיין בפיומה נדרשו לבחור: היה עליהם להחליט אם לאמץ את האזרחות היוגוסלבית או לעזוב את המדינה. משפחתי בחרה באיטליה וסבלה מאפליה ורדיפות במשך שנה. סולקנו מדירתנו ואולצנו לחיות בחדר בודד, כשכל חפצינו מוערמים. לקראת העזיבה מכרנו כמעט את כל הרהיטים. אבא איבד את מקום העבודה שלו, וזמן קצר לפני העזיבה הוא אף נכלא, כיוון שהסתיר שתי מזוודות של אדם שנרדף מסיבות פוליטיות ואשר ניסה להגר בסתר. כשאותו איש נלכד, הוא מסר את שמו של אבא. בתמימותו האופיינית, אבא אִפשר שיתפסו אותו "על חם".

חייתי את אותם חודשים במתח, לא בתוך הבית ולא בדיוק במקום אחר, בתחושה עמוקה של חוסר מציאוּת, וללא סבל

מיוחד. שיחקתי עם אחותי על המדרכה מול ביתנו החדש. שיחקנו קלאס, שיחקנו בכדור או בחבל, התיידדתי עם חתולי השכונה, שהכרתי אחד אחד, הלכתי לבקר את סבתא בקפה "ספורט" ואת החברים שלי מפעם, מביתי האמיתי, ובפעם הראשונה הלכתי לבד למקומות רחוקים כדי לחקור את העיר שעד אז הכרתי אך מעט. הייתי בוגרת יותר, מעמיקת מחשבה ובשלה יותר. כך אני זוכרת את פיומה שלי – את גדות הנהר הרחבות, את האתר הקדוש של טֶרְסָאטוֹ על הגבעה, את תיאטרון וֶרדי, את המרכז עם הבניינים האפלים, את קַנְטרידָה, עיר של משפחתיות וניתוק, שהייתי עתידה לאבד מיד עם העמקת היכרותי אִתה. ואף על פי כן, אותם שיטוטים מהוססים וקצרים, שהיו ספוגים אינטנסיביות וריחוק, הותירו בי חותם בל יימחה. אני עדיין אותה רוח המנשבת בגדות הנהר, אותם גוונים מאפילים של הרחובות, אותם ניחוחות מעט מרקיבים של הים ואותם בניינים אפורים. לאחר היציאה לגלות, במשך שנים רבות, לא שבתי לראות את עירי, והיא כמעט נשתכחה ממני, אבל כששוב הייתה לי הזדמנות לעבור בפיומה ובאותה רצועת חוף המוליכה לבְּרֶסטוֹבָה, ששם אנו בדרך כלל לוקחים את המעבורת כדי לנסוע לקְרֶזוֹ וללוּסינוֹ, חוויתי תחושה ברורה שאני שבה לאמת שלי. ויחד עם זאת, לא זכרתי דבר מאִיצ׳יצ׳י, מוּצ׳יצ׳, לָאוּרָנָה, מוֹסקִיֶינָה, ומעט בלבד מאָבַּצִיָה

ומפיומה עצמה. למעשה, את עצמי מצאתי, כשהבטתי כמו במראה באותו נוף משתנה של חִספוס וקסם. "פניתי לאחור וראיתי את חיוכי על שפתיה," כמו ריוֹבַּלדוֹ, גיבור הרומן "Grande Sertão"[5], כשהוא מבחין בדיאדוֹרים בהתגלות אלוהית לא צפויה של זיהוי מתוך אהבה.

בקיץ 1949, לאחר שהשגנו את הוויזה כדי לשוב למולדת, ולאחר ביקור קצר אצל אבא בבית הכלא, עזבנו את פיומה: אמי, אחותי, אני וסבתא מדיירי, שהייתה כבר קשישה מאוד וחולה בסרטן.

5 Grande Sertão – הרומן הגדול של הסופר הברזילאי João Guimarães Rosa (ראה אור ב־1956).

21 במרץ 1982

היום אינני נתונה בהרמוניה עם עצמי והייתי רוצה להיות מסוגלת להתרחק. עשיתי עוול לילדיי. גרמתי להם להרגיש רע בשל התפרצות של טיפשות חסרת סבלנות ותוקפנית. לעתים רוח החסד מנשבת כל כך רחוק מאתנו, שאנחנו נעשים רעים וסתומים אפילו עם בני האדם שאנו אוהבים יותר מכול.

לא הסתרתי את ייסוריי והם כבר סלחו לי. לעתים קרובות הילדים יודעים להיות מבינים יותר ובוגרים יותר מהוריהם.

לעתים אני חשה לא בנוח בתפקידי כאם. אני מרגישה חסרת יכולת, נדמה לי שאני מחנכת ברשלנות, שאני ממעטת לדבר, שאני נותנת לשנים ולימים היקרים מפז האלו שבהם אני חיה יחד עם ילדיי, שהם כבר גדולים כל כך, לחמוק לשווא. אני מביטה בהם והם כל כך אדיבים ונאים בעיניי, ואני חושבת על הריק שהם יותירו בביתי כשהם יעזבו. אני מביטה בהם והם נראים בעיניי עדיין חסרי מגן והייתי רוצה להיות מסוגלת ליטול על עצמי את משא הכאב שהחיים אוצרים להם, להם כמו לכולם. באיזשהו אופן, אני חשה אחראית לאושרם ואני שואלת את עצמי האם הם קיבלו את הכלים

והאמצעים הדרושים כדי לבחור באורח מודע, כדי להיות עזי נפש במבחנים, חזקים באכזבות, נדיבים בהצלחה, כדי לאהוב ולחיות מתוך משמעות.

24 באוגוסט 1982

כשהגעתי לטרייסטה, שאליה הגיעו חודשים אחדים לפנינו סבא וסבתא קוארנטוטו, הדודה תרזה ומשפחתה של הדודה נינה, הרושם הראשון שלי היה שהגעתי לגן עדן עלי אדמות, לארץ מובטחת. התנועה ברחובות, הלחם הלבן, שפע העיתונים, כתבי העת ועיתוני הילדים בקיוסקים, הסחורה שהוצגה לראווה בחנויות, לבושם של האנשים, נדמו בעיניי לביטוי של עושר עצום. גם נוכחותם של החיילים האנגלים והאמריקנים – שהתהלכו בנעליים מבריקות ביותר ושראיתי כיצד הם מציעים גומי לעיסה לחבורת ילדים – לא חדלה מלהפתיע אותי. העיר הייתה כלולה למעשה באזור A של השטח החופשי של טרייסטה, שהוגדר על ידי שתי המעצמות בתקופה הקשה שלאחר המלחמה ושחולק לשני חלקים. אזור A נמסר לניהול אנגלו־אמריקני, ואילו אזור B נמסר לניהול יוגוסלבי.

התקבלנו מיד כפליטים ונשלחנו למחנה סילוס, ששם שוכנו הדודה נינה ומשפחתה וכן הסבים. חפצינו – איזו שמיכה, שולחן וכיסאות אחדים, המזרנים שלא נמכרו ותיבות

אחדות שהכילו לבנים, את ספריו של אבא ואת שמלותינו – היו עתידים להגיע אלינו זמן מה לאחר מכן. באותו רגע לא היה לנו דבר, פשוטו כמשמעו. הדוד אלברטו והדוד ויטוריו, אחד מוונציה והשני מקומו, פגשו אותנו למחרת והחליטו לקחת אתם את שתי האחייניות. אחותי הלכה עם הדוד ויטוריו ואני הלכתי עם הדוד אלברטו.

אם חייו של כל אחד מאתנו עשויים מתקופות ארוכות שבהן נדמה שדבר אינו קורה, וביניהן קטעי שבר לא צפויים ומבלבלים, הרי שהתקופה הראשונה שלי הסתיימה באורח חד באותו יום של קיץ עם גלותה של משפחתי. הילדה שיצאה מפיומה הגיעה לטרייסטה והיא כבר נערה מתבגרת.

12 בספטמבר 1982

הקיץ חלף. מקסיקו, קֶרזוֹ, נֵבוֹזוֹ, אֶלבָּה, נותרו כולם מאחור. ילדיי ואחייניתי אליזבתה יתחילו את שנת הלימודים ביום רביעי הבא ובפעם הראשונה הם יהיו בשלוש הכיתות העליונות.

אתמול, בשעה שלימדתי את פאולו מעט יוונית, הבחנתי שהוא אינו מבחין בין הנישוף הקשה ובין הנישוף הרך ובמראה של "לנטרנה", אתר הקיט הוותיק ליד הנמל, ראיתי שעל רקותיי בוהקים חוטים לבנים אחדים. זמן חיי מתכלה עד תום.

היום הממוזג וסחוף הרוחות מוליך אותי לחדר העבודה שאני כותבת בו. רעשים עמומים ומלנכוליים מן החוץ. אינני אוהבת את שקיעת השנה, את העובדה שהעונות חולפות מהר מדי. הייתי רוצה זמן שאינו חולף, את שעת "התובנה", כיוון שאני יודעת שלא ממתין לי דבר יפה יותר מאשר ההווה שאני חיה.

לעתים קרובות מטריד אותי לחשוב על העתיד המשנה צורתו, המקבל אליו את הכול ומחולל בו תמורה, המדרדר ומעצים, המפריד ושב להרכיב בצורות שונות, כמו קָלֵדוסקופּ.

לילה אחד באלבה, בביתם של חברים, כשאכלנו ארוחת ערב עם בֶּפּינוֹ, ברברה והבנות, גיליתי שבעודי מגישה לצלחות, אני חושבת, כמו גברת רמזי, על גורלותינו המצטלבים והלא צפויים, הקשורים בקשרי החברות והחיבה, ועם זאת בהכרח מתפצלים. ראיתי את מבטה מלא התשוקה של אירֵנֶה, את חיוכה התם של אנג׳לה, את פניה האופטימיות של ברברה, את הבעת פניו החמורה של בפינו, את עיניו מלאות האור של פרנצ׳סקו ואת עיניו המרושעות של פאולו. פניו של קלאודיו בערו, נעות בצל. לאן עתידה להימלט האחדות ההרמונית של אותה שעה?

18 בספטמבר 1982

בלידו, הדודים שלי אירחו אותי בנדיבות בחדר המרוהט שבו ישנו כבר שלושה. הם הציבו בו מיטה זמנית ליד החלון. ראשית, לאחר שהתגברה על אי־האמון כלפי האחיינית המרדנית והמתגרה, הדודה אָדָה קנתה לי זוג נעליים ותפרה לי שתי שמלות חוף עליזות שמצאו חן בעיניי מאוד. לאחר שבועות אחדים גילינו שיש לי כינים ונאלצתי להקריב את צמותיי היפות והכהות. ראשי רוסס בנפט והיה עליי להישאר בסתר הבית, מסריחה ומושפלת, במשך יומיים תמימים.

אהבתי מאוד את דודיי ואת דודניתי נדיה, בת השלוש, אולם לעתים קרובות חשבתי, כשהסתגרתי במקלחת או בשעת לילה, במיטה, מתחת לסדינים, על אמי הבודדה והרחוקה. הפכתי שתקנית ופגיעה. כל הערה קטנה גרמה לכך שעיניי תתמלאנה דמעות, אותן עצרתי מיד. הייתי מתרחקת במשך שעות כשבידי איזה עיתון ילדים, מעמידה פנים שאני קוראת, ונדמָה לי שהזמן זורם באטיות רבה, כמו נהר בוצי, בלי מקום להנאות, לשמחה ולפנטזיה.

עד מהרה הגיעה אליי הידיעה שסבתא מדיירי נפטרה,

שגסיסתה הכאובה לוותה על ידי אמי. נודע לי גם שאחותי, שלא הצליחה להתרגל לחיים הרחק מהורינו, שבה לטרייסטה. למעשה, אשתו של הדוד ויטוריו, הדודה נֵרינָה, לא ידעה להיות נדיבה וסבלנית כלפיה כפי שהדודה אדה הייתה כלפי, וביותר מהזדמנות אחת ביטאה את טינתה על כך שעליה לטפל באחיינית שהייתה זרה בעיניה ושהיא לא חשה כלפיה חיבה יתרה. היא האשימה אותה שהיא מלוכלכת ושבגיל שבע היא עדיין אינה יודעת לבצע שום מטלה בבית, כמו להדיח ולייבש את הכלים. הדודה נרינה, שהיה לה בן יחיד, דודני רוברטו, הייתה בנעוריה עשירה, מלאת חן וגחמנית, ותמיד ראתה במשפחתנו קרובים עניים. גם בגלות התמזל מזלה יותר מאשר לנו. עד מהרה היא סידרה לעצמה בית נוח ונהנתה בו מרווחה מסוימת תודות לתעוזה הכלכלית, שאולי הייתה מעט לא ישרה, של הדוד ויטוריו. אנו ראינו בדוד ויטוריו נוכל.

גם סבא אנטוניו, שלאחר עזיבתה של אחותי הצטרף לבנו בקומו, נפטר בתוך זמן קצר.

23 בנובמבר 1982

הקיץ המנומנם בלידו חלף לו. יופיו השלֵו של הים החולי, האור המפוזר של הלגונה, הסמטאות הירוקות העולות על גדותיהן מפרחים, כל אלו חידדו את בדידותי. הכול היה שונה מקווי המתאר והצבעים העזים של ארצי וימי.

ניסיתי לתפוס מקום מועט ככל האפשר בחדרם של דודיי. כדי שלא יבחינו בי, כדי לא להיות קיימת כמעט, מיעטתי בדיבור ולא העזתי אפילו לגעת בחפצים שהקיפו אותי ושלא היו שייכים לי, חפצים שהרגשתי שהם אילמים וזרים. המשפחה שאירחה אותי הייתה גדולה ומסבירת פנים. הייתה צֵ׳זָרינָה, צנומה ורווקה ללא נחם, הסב אֱג׳יסטוֹ, בעליה של אחת הכרכרות האחרונות באי, וכן משפחתה של אחותה הבכורה של צ׳זרינה, שבבעלותה הייתה מאפייה ושמאוחר יותר ילדה בן שני, שסבל מתסמונת שגרמה לכך שגפיו לא התפתחו כראוי.

בהתקרב הסתיו עלה עניין המשך לימודיי. כדי להתקבל לבית הספר התיכון האיטלקי נדרשתי לעבור מבחן כניסה, ובפיומה לא הייתה אפשרות להיבחן. דודי הלך לשוחח עם

הנזירות במוסד קַמפּוֹסְטֶריני, שניהלו בית ספר לבנות, וכן בית ספר תיכון מקיף שיכלו ללמוד בו לא רק תלמידים מהמוסד הדתי, אלא גם תלמידים חיצוניים. הנזירות הסכימו לאפשר לי לגשת למבחן בספטמבר, ודודי שקד להכין אותי כראוי. ידיעותיי בתחומי ההיסטוריה, הדקדוק האיטלקי ובעיקר במקצוע הגיאומטריה היו דלות ביותר, ולבסוף לא הייתה ברירה אלא להפקיד אותי בידיה של מורה פרטית. עברתי את המבחן, גם תודות להבנתן של הנזירות, שקיבלו אותי לבית ספרן לאחר השתדלות מצד דודי ולאחר ששמעו את דעתה של אמי. ארגון "פּוֹסטבֶּליקָה"[6], גוף מוזר ששמעתי עליו כל שנות התבגרותי, התחייב לשלם את השכר החודשי, שהנזירות הפחיתו ממנו באורח משמעותי כדי לסייע לי.

יומיים לפני תחילת שנת הלימודים, דודי ליווה אותי לקמפוסטריני עם מזוודתי הקטנה, שהכילה שלוש חליפות חורף חדשות שנתפרו בידי הדודה אדה – השמלות היחידות שלי באותן שלוש שנים בפנימייה, ואשר לעתים הוארכו והורחבו, איזה פריט של הלבשה תחתונה, המעיל הישן שהיה לי בפיומה ואיזה מכתב מאימא. בכיס היו לי גם חמש מאות הלירות שהדוד ויטוריו נתן לי במתנה ביום שבו נפגשנו

---

6 Postbellica, כלומר "שלאחר המלחמה".

בטרייסטה, ושלא הייתי עתידה לבזבז לעולם מתוך חשש לחסל את אוצרי הקטן. נעלתי את זוג הנעליים היחיד שלי, שסוליותיו נשחקו במהרה, עד שנפערו בהן שני חורים שנראו לעין בימי ראשון, כשהייתי כורעת ברך על מדרגות המזבח כדי לקבל את לחם הקודש. למרות מאמציי להחזיק את כפות רגליי צמודות לרצפה אפילו בתנוחה הזאת, הרגשתי שהחורים השחורים הללו נראים לעין באורח נורא, והייתי מסמיקה, חסרת אונים, כיוון שמהדודים שלי לא העזתי, ומאמי לא יכולתי, לבקש להוציא כסף לקניית זוג נעליים חדשות.

8 בדצמבר 1982

יום ניקולס הקדוש חלף בדממה. הילדים בוגרים והחג, שבעבר נהגו לצפות לו כל כך, יצא פטור במתנת סכום כסף פשוטה לצורך איזו קנייה מיוחדת. לוולריה, לעומת זאת, הביא ניקולס הקדוש מתנה אמיתית שהאירה לרגע את פניה הקטנות והיפהפיות.

גם בפיומה היה החג הזה חשוב יותר מחג המולד או מערב השנה החדשה. המשפחה כולה – סבים, דודים, דודנים בני כל הגילים – היו מתאספים בביתנו לכבוד החג וממתינים, באווירה שהאפלולית הפכה לקסומה, להופעתו הגדולה של הקדוש שנהג לחלק מתנות לילדים הטובים ופחם לרעים, ושלמעשה היה הדוד אלברטו, לבוש כבישוף, בחליפה אדומה ארוכה, שרביט, מקל רועים וזקן לבן, כך שלא נהיה מסוגלים לזהותו. אבי קיבל תמיד מעט פחם.

השנה לא שבתי לחשוב, כפצע בלבי, על השישה בדצמבר לפני ארבע שנים, שעבר עלי באחר צהריים רטוב במילנו, בשיטוט בין הדוכנים המוארים בכיכר הדוּאוֹמוֹ. הבטתי באנשים ובאורות וחשבתי על דבר אחר. עמדתי לסיים את

מחזור הטיפולים בקוֹבַּלט לאחר הניתוח בחזה. הפחד הגדול היה כבר רחוק, אבל היה בי עדיין הריק המר שנותר לאחר שעמדתי במבחן ברוב אומץ, אי־השקט ביחס לעתיד. הבדידות שאפיינה את אותם חודשים, כבדה ועכורה, דבקה בי כשמלה רטובה. הגשם הדק והחד התערבב עם האבק הבוצי שהותז על ידי המכוניות החולפות, ונדמָה לי שאני שקועה בלגונה אפורה של מלנכוליה.

21 בפברואר 1983

פריז הייתה חופשה קצרה ומחויכת, עשויה מימים קרים ולבנים של שמש, מקומות מקסימים וכל כך הרבה שמחה של שותפות.

אני חיה כפי שתמיד רציתי לחיות: אהבה וקיום מתוך שותפות, הילדים, הבית וגילויי חיבה כה רבים בתוכו ומחוץ לו. מה חשוב אם עבדתי הרבה, אם הרע בא והלך, אם איזה ענן האפיל על האופק השלֵו שלי, אם השנים חולפות להן במהירות. האורוקויָה הירוק זורם אל העמק בפיתולים מתעקלים ובמים עמוקים, משקף את גווני השחר ואת צללי אחר הצהריים ההופך לערב.

3 באפריל 1983

ההתנגשות עם בית הספר התיכון הייתה עבורי מבחן קשה ביותר. היו לי פערים גדולים להשלים, ותערובת של חשש מבודד וגאווה עיקשת לבוא אתם חשבון. התחלתי ללמוד בשקדנות ובתוך זמן קצר הייתי התלמידה המבטיחה ביותר בכיתה. האחות לידיה הייתה המורה המתוקה שלי למתמטיקה, והעלמה מֶסֶה הייתה מורתי מטילת האימה במקצועות הספרות והלשון. העלמה מסה הייתה צעירה שזה עתה סיימה את לימודיה, ואני כבר החשבתי אותה רווקה זקנה. בזיכרונותיי אני רואה אותה גדולה כמו הר, כתר של שֵׂער מקורזל על ראשה ותווי פניה המחורצים מנוקדים באורח בולט בפצעי בגרות. היא גרמה לי ללמוד כמות כה גדולה של ניתוח לוגי ושל לטינית, שאפשר לומר שלמעשה חייתי מהריבית עד סוף הלימודים התיכוניים.

עם החניכות האחרות באתי במגע מועט בלבד. התקרבתי רק לשתי בנות שהיו גם חברותיי לכיתה, סוזנה, ולואיזה, שהיה לה שם משפחה יפה של אצולה, אנצ׳ילוֹטוֹ. סוזנה באה ממשפחה צנועה מאוד והייתה ותיקה בעולם הפנימיות. היא

חיבבה אותי, אבל הייתה קלה להתרשם ורכושנית, והיה בה אותו חִספוס צורם לעתים של מי שלא זכו שיהיה להם הרבה. לואיזה, לעומתה, שהמשרתת נהגה להביא לה בכל יום ראשון מוונציה מיני מאכלים טובים ושמלות מכובסות ומגוהצות כראוי, הייתה נערה עצלנית וערמומית, שגילתה גסות כלפי הנזירות אבל הייתה אדיבה כלפיי, ולעתים קרובות נהגה להציע לי ביסקוויטים ועוגות קטנות שהיא קיבלה מהבית. הפנאי המועט שלי ליצירת קשרים עם האחרות נבע אולי מדחיית המציאות שחייתי באותם ימים. נראה לי בלתי אפשרי שבתוך חודשים מעטים כל הדברים בחיי השתנו כל כך.

פיתחתי חיבה, כמעט מורבידית, כלפי אדם אחד בלבד: האחות ג'יוֹבָנָה. היא הייתה נזירה מתחילה צעירה, בת מעט יותר מעשרים, גבוהה וזקופת קומה. מגיל ההתבגרות היא שימרה צעד מהיר, כמעט צעד של ריקוד מתחת לגלימה השחורה, מחוות מעט חדות וחיוך ספונטני. היא הייתה גם מעט פלרטטנית. לנו החניכות היא סיפרה שיום לפני שהיא עזבה את ביתה כדי להיכנס למנזר, מחזר הציע לה נישואין. היא לא רצתה לומר לנו מה היה שמה בחייה הקודמים, וכשגילינו את שם משפחתה באיזה מסמך נדמָה לנו שעלה בידינו לגנוב לה סוד מביך. האחות ג'יובנה השגיחה עלינו בחדר האוכל במהלך הארוחות, בגן בעת ההפסקות ובאולם

השינה בלילה ובבוקר. היא ליוותה אותנו גם לטקסים הדתיים ולאמירת מחרוזת התפילה בימי ראשון. אני ניסיתי להיות לצדה כל אימת שהדבר היה אפשרי, ונהגתי להיצמד למחרוזת התפילה הגדולה שהייתה קשורה לה על מותניה. השלכתי עליה את הגעגועים לדמות אימהית מרגיעה, על אף שנוכח גילה היה מתאים יותר שהיא תשמש בתפקיד של אחות בוגרת. שבתי לראות אותה שנים לאחר מכן, כשהייתי כבר נשואה ואם לילדים, והדבר הראשון שהיא עשתה היה להראות לי בגאווה את הצלב שהיה תלוי לה על צווארה ושהעיד על כך שנשבעה בשבועת הנזירות. פניה היו כחושים יותר, היא כמעט הצטמקה, כמו פרח נבול, ועל סנטרה צמחה לה איזו שערה שחורה, קשה ועקרה. אבל החיוך היה החיוך של פעם. נסערת, נשקתי לצלב שהגישה לי.

11 באפריל 1983

זמן קצר לאחר תחילת שנת הלימודים, עברו דודיי לגור בדיוק מול קמפוסטריני, לדירה חדשה ויפה שהייתה ממוקמת בקומפלקס של בתים שנבנו על ידי קואופרטיב סידַרמָה, החברה שדודי נשכר לעבוד בה.

ביום ראשון, היום שבו החניכות הורשו לצאת בלוויית הוריהן או אנשים מורשים, היו דודיי באים לקחת אותי לאחר המיסה, ואני הייתי מבלה אִתם את יתר הבוקר ואת שעות אחר הצהריים עד חמש. הדוד אלברטו היה לוקח אותי לסיבוב בטיילת של הלידו, שם הוא נהג לעצור מול קונדיטוריית קוֹלוּסי כדי לקנות לי עוגת מֶרֶנְג עם קצפת, והדודה אדה הייתה מכינה לי את מאפה הבצק והחמאה עם רוטב בשמל שכל כך אהבתי. זה היה המאכל היחיד שאכלתי בשמחה. יתר השבוע, בבית הספר, הייתי נותרת אדישה מול הצלחות, ולעתים קרובות רק העמדתי פנים שאני אוכלת, אינני יודעת בדיוק אם זה היה כיוון שהאוכל לא היה טוב או כיוון שהוא לא היה לי טעים. בתחילה הייתי רעבה במהלך היום, אבל עד מהרה גם איבדתי את התיאבון, אולי כיוון שהתחלתי להיות

חולה. כמעט תמיד היה לי מעט חום שגרם לי לתחושה של תשישות, ולעתים קרובות נאלצתי להישאר במיטה בשל אינספור דלקות בסמפונות והתקפים של שפעת.

כשחליתי, הייתי נותרת כל היום לבד באולם השינה, שהיה ממוקם בקומה השנייה, והייתה לי תחושה מוזרה של פליאה. הכרתי רק את חזות החדר – שבו ישנו נערות אחדות ושלא יכולתי להיכנס אליו ללא רשות עד הלילה – בשעת בוקר מוקדמת, כשבחוץ היה עדיין חשוך, או כשהלכנו לישון, כשהאיר את החדר אור חלוש שלא אִפשר לקרוא במיטה. נדמָה לי שאני בחלל שונה, כשלקראת אחת עשרה השמש החלה להסתנן מבעד לתריסים המוגפים וציירה על הרצפה חוטים של אור, או הדליקה שכבה של אבק שרקדה בטירוף מול עיניי העייפות. בשתים עשרה נזירה הייתה מביאה לי את הארוחה, מודדת לי את החום ועוזבת בדממה.

במהלך אחת המחלות הללו הכרתי את הגברת ויזינטיני. היא באה לבקר אותי אחר צהריים אחד ושאלה אותי האם אני זקוקה למשהו. היא שמעה אותי משתעלת בלי הפסקה כל מהלך הלילה וגם בבוקר, והתקפי השיעול הללו שטלטלו את חזי הכואב זעזעו אותה. הודיתי לה ואמרתי לה שאינני זקוקה לדבר. יחד עם זאת, גברת ויזינטיני הביאה לי מעט דבש עם חלב חם ופיתחה כלפיי חיבה, כך שהיא המשיכה לבקר אצלי.

בעיניי היא הייתה פיה מיטיבה. היא הייתה גברת זקנה בעלת שׂער לבן מאוד, ונהגה ללבוש שמלות שחורות, ארוכות למדי, עם צווארוני מלמלה, מעט מיושנים אבל מעודנים להפליא. היא חייתה כדיירת בפנסיון, בחדר צמוד לאולם השינה שלנו, ולא הראתה את עצמה לעולם. הנזירות היו מביאות לה את הארוחות לחדר, ומאתנו, החניכות, ביקשו לא להקים רעש כדי לא להפריע לה. וכך, אם כן, ידעתי על קיומה אבל לא יכולתי לדמיין מי היא ואיך היא נראית. באותה הזדמנות הגברת נטשה את התבודדותה מרצון, ויום אחד, במהלך מחלתי, עטפה אותי ברדיד וליוותה אותי לחדרה. כשנכנסתי נותרתי ללא מילים: מצאתי את עצמי במוזיאון או בבית תפילה מוקדש לקדוש מסוים. הקירות היו מרופדים בתצלומים, השידה דמתה למזבח עם דיוקנאות, פרחים ונרות דולקים, מהספה הביטו בי בובות דהויות בעיני הזכוכית שלהן, על הרצפה היה מדחף של מטוס ואבן גדולה, ובכל פינה היו תלויים דגלים ונסים, וכן היו בחדר מדפים אחדים עמוסים בחפצים קטנים, במכתבים ובספרים. גברת ויזינטיני הושיבה אותי על הספה והחלה לבכות ולספר. שני בניה עוטרו במדליות זהב: הם נקראו מריו וליצ׳יו ויזינטיני. אחד נהרג בקרב כאיש חיל האוויר, והשני נהרג כאיש הצי הימי. אחד גבוה גבוה בשמים, כך אמרה, והשני בקרקעית הים. כשהתאלמנה, פרשה אל הנזירות ולמעשה נהגה לצאת

החוצה פעם אחת בשנה בלבד, ביום הזיכרון למתים, כשהיו לוקחים אותה בספינת קרב כדי להשליך לים כתר של פרחים לכבוד המלחים האלמונים שנפלו בקרב. פרט לכך, היא חיה על זיכרונותיה. הבחורים שלה היו עדיין אִתה, היא שוחחה אִתם, סידרה את חליפותיהם, הסירה את האבק מספרי בית הספר שלהם ושבה וקראה את מכתביהם מהחזית. היא קראה לי אחדים מהם.

כרעתי תחת נטל הרגשות, וגם אני פרצתי בבכי. החל מאותו יום היא ביקשה שאקרא לה אימא ויזינטיני.

12 באפריל 1983

השנה קרבה לסופה. במהלך חופשת חג המולד רציתי לנסוע לטרייסטה כדי להיפגש עם אמי ועם אחותי, שלא ראיתי מראשית הקיץ. אבל שהותן הלא בטוחה בסילוס הביאה לכך שסברו שבטוח יותר עבורי להישאר בוונציה. ביליתי את התקופה ההיא עם דודיי בדירתם החדשה, שהדודה אדה הקפידה שתהיה נקייה כמו מראה, דירה שלא היה בה חדר שיהיה כולו עבורי. במיטתי הרכה, עם ניחוח הניקיון הנעים שלה, התכרבלתי כמו בקן חמים ושמעתי כיצד מגיעות אלי מהחוץ, עמומות ומלנכוליות, קריאותיהן של הסירות ששטו בערפל. באותו רגע לא חשבתי על דבר, או אולי חלמתי על הסיגליות הלבנות שמצאתי יום אחד, סודיות ומכושפות, בשדה ליד כפר קטן בפנים איסטריה, לשם לקח אותי אבא באופנוע. או שהייתי שוב שומעת את צלילי הפסנתר שלי, שהתחלתי ללמוד לנגן עליו בגיל שש. מורתי, גברת פיליני, התגוררה בקומה החמישית של הבניין שלנו וקיבלה את פניי תמיד כשהיא לבושה חלוק משי מרשרש. לפני השיעור, היא הייתה מסובבת מולי פעמים אחדות את השרפרף העגול,

ובעודה מרימה אותי מהרצפה כדי שאתיישב, הייתה נושקת לשערי. גם הוריי ידעו לנגן מעט. אימא ידעה בעל פה את Il piccolo montanaro ואילו אבא, שטען שהוא פסנתרן מומחה, ידע רק את התיבות הראשונות מתוך ולס מהאופרטה "נסיכת הצַ'רדַש". הוא היה מנגן אותם בהדגשה ולאחר מכן מאבד עניין ומפסיק, כאילו שכל הדגמה נוספת של יכולתו מיותרת. גם הפסנתר נמכר לפני העזיבה.

באותם ימי חופשה, בשעות אחר הצהריים הארוכות של עונת החורף, לאחר שלמדתי והכנתי את השיעורים, הייתי יושבת שקטה ומציירת בחברת דודניתי. המורה שלי לציור, עלמה קשישה וחידתית, קטנה, מאובקת, שׂערה הבתולי מסודר תמיד ואסוף תחת רשת דקיקה, עמדה על כך שבורכתי בכישרון. אבי היה אומר שיש לי mahaz[7]. הוא החשיב את עצמו גם לצייר טוב וצייר כמה נופים בשמן שמקשטים עד היום את קירות הסלון בדירה ברחוב פיקרדי, והם מושא לגאוותה של סבתא אנקה. אהבתי את העיסוק הזה, אולי בגלל הבדידות שבו, עיסוק שאִפשר לידיי להיות עסוקות בעודי שקועה במחשבותיי. בבית הספר, הייתי מבלה לעתים את

7 מילה בדיאלקט של פיומה, מילולית פירושה "רגל". משמשת לציון כישרון בעשיית דבר מה.

הפסקת אחר הצהריים בכיתה, ברשותה של האחות ג׳יובנה, ממלאת מחברות בנסיכות ובפרחים ומחפשת הרמוניות של צבעים.

25 באפריל 1983

בתוך ימים אחדים יפרח צמח הסויה שלי. שתלתי אותו זמן קצר לאחר הולדתו של פאולו וכעת הוא בשל. הוא יפרח מאוחר, אולי כיוון שהוא מטפס על מעקה הגזוזטרה הפונה צפונה. ספרתי שמונה אשכולות קטנים שמתארכים ומתעבים מיום ליום.

בעונה הזאת גן ביתי ברחוב קרפצ׳יו יפהפה, תודות לטיפולו המסור וההכם של אדון זָקִינִי. השקד הצעיר והפורסיתיה כבר נבלו, אבל הסְפִּירֵאָה והצבעונים עדיין מלבלבים.

אתמול פרנצ׳סקו אסף שני קיכלים קטנים שנפלו מהקן. אחד לא שרד, אבל השני, שהנחנו בגזוזטרה וקשרנו היטב את רגלו הקטנה בחוט של צמר, ממשיך לקבל מזון מהוריו.

החיים מתחדשים בכל מקום. זוהי עונתם של הים באיסטריה ושל היערות בסלובניה.

26 באפריל 1983

באחד הימים הייתי לבד בכיתה לאחר השיעור, מעתיקה על החלון את הציור במודעה של חברת "אריגוני" מתוך לוח השנה. לכיתה נכנסה נזירה ישישה והלכה לחפש דבר מה בשולחן המורה, ולבסוף, כעוסה כולה, האשימה אותי שלקחתי דיו מתוך קסת שאינה שלי. פרצתי בבכי נוכח ההאשמה הלא צודקת ויצאתי בריצה לגן כדי לחפש את האחות ג'יובנה ולספר לה את מה שקרה. לא יכולתי לדבר בשל היפחות שכמעט חנקו אותי. היה זה כאילו כל כאב העולם נחת על כתפיי לפתע פתאום, וכל הדמעות, שהצטברו זמן רב בעומק לבי בגבישים קטנים וקשים, התמוססו בבת אחת, ויצרו נהר שוצף ששחף אותי.

בכיתי על מות הסבים שלי, על כליאתו של אבי, על ריחוקה של אימא, על הגלות והבדידות, על החיסרון בנשיקות, על החורים בנעליים, בכיתי על המאמץ לגדול ועל הכאב שבקיום.

האחות ג'יובנה הייתה מודאגת. כשהצלחתי להסביר לה מה אני מרגישה, היא ניחמה אותי והבטיחה לי שמדובר באי הבנה ושאיש אינו מפקפק ביושרי. היא לא הבינה את השורשים הנידחים של ייאושי.

באותו לילה נכנסתי למיטה עם חום. לצערי, למחרת היום, אותה נזירה ישישה, קרוב לוודאי לאחר שספגה תוכחה מפי אם המנזר, באה לבקש את סליחתי.

28 באפריל 1983

אניטה, חברה שלנו מטורינו, שנפרדה מבעלה, סיפרה לנו שהיא מגלה מחדש אתרים מילדותה ומנעוריה. היא שבה ברצון לפרמה, עיר הולדתה, פוגשת את חבריה לספסל הלימודים, מטפלת בענייני משפחה בעניין רב יותר מאשר בעבר.

מדובר בוודאי בשלב טבעי בחיי כולנו. לאחר ההימלטות מבית האב כדי להקים חיים משלך, יש בבגרות נטייה לשִׁיבה, לגילוי מחדש של המקורות. גם אני "ערקתי מאותו חיק", רחקתי, אולי הזנחתי מעט את הוריי. וכעת, כשהם כבר אינם והבית ברחוב פיקרדי הוא כמו קונכייה ריקה שמתגוררים בה רק זיכרונות שסבתא אנקה שומרת עליהם בנאמנות, אני מוצאת מחדש את שורשיי כשהם חיים במחשבותיי ובמעשיי. שום דבר לעולם אינו מת לחלוטין. ככל שהשנים חולפות, לוצ׳יָנָה דומה לאימא מעט יותר בכל יום, פאולו שלי דומה לסבא ג׳יג׳יו.

פרנצ׳סקו, לעומת זאת, דומה בכול לסבתא פִּיה, סבתא רבתא של קלאודיו, שלפני ימים אחדים מלאו לה שמונים. נתנו לה מתנות רבות וערכנו לה מסיבה גדולה, ובה הזמנו

לארוחה את כל קרובי המשפחה הקרובים ביותר. הגיע לה. עד עצם היום הזה, ביושרה, בכוחה, בצניעותה, בצלילותה ובשכלה הישר, היא אם המשפחה, חיקם של כל מי שמחפשים עצה ונחמה. פרנצ׳סקו, פאולו, ולריה וגם אליזבתה מכנים אותה "Nano", כלומר Nonna, סבתא, בהיפוך הברות, כפי שפרנצ׳סקו נהג להגות מילים אחדות כשהיה קטן.

29 באפריל 1983

לאחר תום שנת הלימודים יכולתי לשוב סוף סוף לחבק את אמי ואת אחותי. אבי השתחרר מהכלא בינתיים והצטרף לאימא בטרייסטה, אבל זמן קצר לאחר מכן יצא לנפולי במרדף אחר אשליה לרווחים קלים. הוא נתן לסוחרים נפוליטנים להשלות אותו. הם שכנעו אותו להשקיע בחנות נעליים את מעט הכסף שהוא השיג ממכירת הרהיטים שלנו. Ohi me meni, ohi me meni[8] נאנחה אמי, שידעה היטב מה יהיה סופו של כספנו העלוב בידיהם של אותם "טליאני", כפי שכינו בפיומה את כל מי שחיו מנהר האיסוֹנצוֹ ומטה, אך בעיקר את הדרומיים. למרבה האסון, דעותיה הקדומות זכו לחיזוק ממה שאירע. לאחר שנה החנות פשטה את הרגל, והנפוליטנים התפוגגו עם מה שהשיגו ממכירת חלק גדול מהנעליים מתחת למחירן, מכירה שנעשתה ללא ידיעתו של אבא, אשר נותר כאחראי היחיד מול הנושים, מה שגרר לאחר מכן הוצאות משפטיות אינסופיות. בטרייסטה הגן עליו עורך דין מסָצ'ילֶה, עורך הדין

8 "מסכנה שכמוני" בדיאלקט מאזור הדלמטים.

פירקֶרהוֹפֶר, שסבתא הגדירה אותו כ"ספוג", ואשר אכן היה לו אף אדום מהסוג המאפיין שתיינים כרוניים.

כך הכרתי לראשונה את סילוס, שבו חיו בתנאי מחנה אלפי פליטים מאיסטריה, פליטים דלמטים או מפיומה, כמונו. היה זה בניין עצום בן שלוש קומות, שנבנה בתקופת האימפריה האוסטרו־הונגרית כמחסן לזרעי תבואה. חזית הבניין עוטרה ברוזטה גדולה, ושתי כנפיים ארוכות יצרו ביניהן מין חצר פנימית, שבה הילדים יצאו לשחק בהמוניהם והנשים תלו את הכבסים. עד היום אפשר לראות את צדו החיצוני של הבניין הזה, ליד תחנת הרכבת.

קומת הקרקע, הקומה הראשונה והקומה השנייה היו נתונות בחשכה כמעט מוחלטת. הקומה השלישית, לעומת זאת, הייתה מוארת תודות לאשנבים גדולים בתקרה, שלא הייתה אפשרות לפתוח אותם. בכל קומה, החלל חולק על ידי מחיצות עץ להרבה תאים קטנים, שכונו "box", והיו סדורים בזה אחר זה כמו תאים בכוורת. ביניהם נפתחו רחובות ראשיים וסמטאות משניות לחיבור בין הרחובות. ה"בוקס" היו ממוספרים, ואחדים אף זכו לשם, כמו בעיירה. גם לרחובות היו שמות: רחוב הדלמטית, רחוב אנשי פולה, רחוב בית התפילה או רחוב הכיורים. טבעי שה"בוקס" המבוקשים ביותר היו אלו שמוקמו ליד אחד החלונות המעטים שפנו

החוצה או אלו בקומה השלישית, שלכל הפחות זכו לאור יום דרך התקרה.

הכניסה לסילוס הייתה מן מעבר לנוף דנטסקי ומעורפל, לכור מצרף לילי ומעשן. מה"בוקס" עלו אדים של בישול וניחוחות אקראיים שחברו עד שיצרו ריח עז אחד, אופייני, שאינו ניתן לתיאור, תערובת מתקתקה וחמוצה של ניחוח מרק, לפת, טיגון, זיעה ובית חולים. במשך היום, לבאים מן האור העז בחוץ, לא היה זה קל להתרגל לאור המלאכותי והחלוש בפנים. רק לאחר זמן מה הייתה אפשרות להבחין בקווי המתאר של כל "בוקס", ואז ניתן היה להבחין במתווה המורכב והמפותל של היישוב האפלולי והמרובד ובתנועה הבלתי פוסקת של בני אדם שנעו ברחובותיו ובצמתיו. גם רחשיו של המקום היו רבים ויצרו המיה אחידה, שעלו מתוכה מפעם לפעם צלילים עמוקים מאיזה רדיו, קול רם, התקפי שיעול או בכי של ילד.

מצאתי את אמי עצובה יותר ונטושה ואת אחותי גדולה יותר ומעט פראית. לוצ'ינה התרגלה לחיים בסילוס ורכשה חברים רבים. היא שיחקה אתם באושר כל היום תודות ליכולתם חסרת הדאגות של ילדים להסתגל. ה"בוקס" שלנו היה בין בני המזל של הקומה השלישית, בדיוק מתחת לאשנב. הוא כלל שני חללים קטנים, שאחד מהם שימש כמטבח והיה מלא כמעט כולו בשולחן ובכיסאות, ואילו האחר שימש חדר שינה

משותף. במטבח היה ארון חפצים ששימש לאחסון מטאטאים, אשפה, בקבוקים ריקים, נעליים, עיתונים וכתבי עת ישנים. היו גם דליים וקערות, שבימים של גשם היו מניחים אותם בנקודות אחדות ברחבי ה"בוקס" כדי לאסוף את המים שדלפו מהתקרה בנחלים קטנים.

סבתא קוארנטוטו הייתה מבלה זמן מה עם הדודה נינה ולעתים קרובות יותר הייתה אתנו, שכן אמי הייתה משועבדת לה יותר. בשעת ארוחת הצהריים וארוחת הערב, כל המשפחה הייתה מתחילה לצעוד מכיכר ליבֶּרטָה כדי ללכת לחדר האוכל ברחוב גמביני, וכשהסבתא לא הרגישה שיש לה די כוח כדי לעשות את הדרך הארוכה הזאת ברגל, אמי הייתי לוקחת לה את האוכל הביתה בקערית.

30 באפריל 1983

באותו קיץ לא נותרתי זמן רב ביותר בסילוס. אימא, ששמעה על מחלותיי, לקחה אותי לרופא, והלה המליץ לי לראות רדיולוג. התוצאה הייתה אבחנה לפיה אני סובלת מ"בלוטות ריאה מודלקות". המליצו לי על מחנה קיץ שבו אוכל לנשום אוויר בריא ולזכות בתזונה טובה יותר מאשר בחדר האוכל ברחוב גמביני.

עם המוות בלבי, יצאתי ללוֹקה, ליד בֶּדזֵקָה, יחד עם קבוצה גדולה של ילדים, כמעט כולם ילדי פליטים כמוני. לאחר תקופה ראשונית עצובה למדי, הסתגלתי ולא הרגשתי רע. אהבתי את הטיולים הרגליים ביערות המבושמים מירוקת, את הסיורים לאזור אגם גַרדָה ואת המשחקים באפרים.

במחנה הזה היו בנים ובנות ששוכנו בשני בניינים נפרדים. במהלך הטיולים והמשחקים, הכול היו נפגשים תחת עיניהם הפקוחות של המשגיחים.

היה בחור אחד שמשך את תשומת לבי באורח מיוחד. שמו היה אדריאנו, שהיה פחות או יותר בן גילי. עורו היה בהיר, שׂערו בצבע החיטה ועיניו כחול שמים. לחייו, שהיו תמיד

סמוקות, הזכירו לי את הניחוח של פרי בשל. אדריאנו לא הבחין בי.

כדי ליצור הזדמנות להתקרב אליו, התיישבתי לעבוד בסבלנות רבה. נטלתי קרטון והכנתי ממנו לוח שחמט, וגזרתי דִסקות קטנות רבות שעליהן ציירתי במיומנות את הכלים השונים של משחק השחמט. הייתי גאה במיוחד ברץ ובמלכה השחורים. המשחק הצליח בקרב חבריי ולבסוף, בתיווכה של חברה מעט מבוגרת ממני, הצלחתי להזמין למשחק גם את אדריאנו. הייתי נרגשת מאוד. באותו משחק השתדלתי להשקיע את המיטב ועשיתי שימוש בכל הטכניקות והתכסיסים שהצלחתי ללמוד מספר הדרכה קטן וממשחקיי עם אבי בפיומה. בתוך מהלכים מעטים הכנעתי את יריבי במט.

אדריאנו הסמיק מבושה והחל מאותו רגע נמנע בקפידה מלהיתקל בי.

1 במאי 1983

בספטמבר, כדי להרחיק אותי ככל האפשר מסילוס, אמי שלחה אותי שוב ללידו, לביתם של דודיי. ביליתי את ימי החופשה האחרונים ברחצה בים, לבד עם דודניתי, שכן הדודה אדה הייתה אלרגית לשמש ולא ידעה לשחות. הים היה רדוד והוא נעכר עם כל צעד שעשינו. מחוץ למים, הייתי עומדת על החוף כדי להיות יבשה לחלוטין ולא להתמלא בחול. הים שלי היה טהור ועמוק, והאבנים בחופים שלי היו לבנות וחלקות כמו פנינים ביישניות מושלמות הנוצצות בשמש.

העדפתי ללכת בימי ראשון לדוג יחד עם דודי לְמָלָמוֹקוֹ או לחוף אַלבֵּרוֹני. היינו קמים בחמש בבוקר כדי לצאת באופניים וללכוד תולעים שחורות וארוכות באחת התעלות, ולאחר מכן היינו מתמקמים במזח קטן, עם חכות, פעמונים קטנים וגלגלות חוט, מחכים זמן רב, לעתים אף התמזל מזלנו, עד לשעת הארוחה. דודתי לא אהבה את הספורט הזה והכריזה שכל כלי הדיג, קרסים, משקלות עופרת, קופסות קטנות, פיתיונות, פיסות סמרטוטים, חוטים, צנצנות קטנות, שהדוד החזיק בסדר מופתי במין מזוודה קטנה, מסריחים מאוד.

שבתי לחיי השגרה שלי בפנימייה, חיים שכללו לימודים, ציות וצל. הם כללו גם קבלת דין, כאילו הבנתי בסופו של דבר איזה סוד עתיק, שכל החיים הם המתנה ארוכה וסבלנית.

2 במאי 1983

ליד חדר השיחה, שבו אם המנזר נהגה לקבל את ההורים, והתלמידות את האורחים, נמצא בית התפילה של המנזר, בית תפילה קטן ומטופח מאוד. המזבח היה מכוסה פרחים טריים, הרצפה בהקה כמראה, הנוריות שהיו מתחת לפסל הבתולה דלקו תמיד.

לעתים, בשעות ההפסקה, אהבתי להיעדר לזמן קצר ולרוץ לרגליה של הבתולה בעלת הגלימה השמימית, הלבוש התם שירד בקפלים רכים, והראש שהיה מוקף כתר של כוכבים קטנים שנוצרו מנוריות זעירות שדלקו. אהבתי את האפלוליות של בית התפילה הזה ואת ניחוח הקטורת ופרחי השושן שבו, ניחוח שהיה מעט משכר.

Stella matutina, regina angelorum, rosa mystica, turris eburnea, כך שרו הנזירות במקהלה, מסתתרות מאחורי המזבח, כשלאחר אמירת מחרוזת התפילה הגיע הרגע למזמורי התחינה. גן העדן היה בוודאי יפהפה אם צבעו כצבע הגלימה ההיא ואם הוא מקושט בכוכבים נוצצים רבים כמו אלו שהקיפו את פניה של מריה.

הנזירות אישרו לי לבקר בכנסייה וראו בי תלמידה למופת, שקטה, שקדנית וגם אדוקה. הן בחרו בי להשתתף בתחרות קטכיזם שאורגנה על ידי הבישופות של ונציה. על הכנתי לתחרות הופקדה האחות ג׳יובנה. היא גרמה לי ללמוד בעל פה את כל ההגדרות, עזרה לי לחזור עליהן בסבלנות במשך שבוע ולבסוף ליוותה אותי, יחד עם האחות ביאנקה, למבחן בוונציה. אי אפשר לומר שהברקתי. הכול התנהל כשורה כל עוד היה מדובר במתן תשובות מכניות, אבל כשאחד ההגמונים שאל אותי מה הוא לדעתי המוות, לא ידעתי להשיב. נאמר לי שהמוות הוא היפרדות הנפש והגוף, בעוד שאני חשבתי על משהו אפל יותר ומלא תהילה יותר. אף על פי כן זכיתי לפרס יחד עם מתחרים אחרים. באותו יום, האחות ג׳יובנה הורתה לי ללבוש את השמלה הסבירה ביותר שלי, סוזנה השאילה לי את משחת הצחצוח שלה ומברשת, ועזרה לי לצחצח את הנעליים. מידיו של הפטריארך של ונציה, מי שהיה עתיד להיות האפיפיור יוחנן ה־23, קיבלתי מדליה קטנה, שהיום כבר אינני מצליחה למצוא.

9 במאי 1983

ביום ראשון שעבר ביקרתי בכנסיית סנטה קיארה בנפולי, שבה קלאודיו השתתף בסדרה של ימי לימוד בנושאים הקשורים לגתה.

לפניי, אוחז בידה של אמו, פסע ילד קטן מאוד, שפנה לאחור לעתים קרובות ושלח אליי מבטים מפתים ואז הסתיר לפתע את פניו המחויכות והשובבות, מכשף אותי ומיד חומק ממני, כמפתה מיומן. שׂערו הבוהק והרך הקיף את מרכז ראשו כמו עלי כותרת של מרגנית סביב מעגל האבקנים הצהוב, בתנועה ספירלית, עד שנוצרה מערבולת של צל, גלקסיה קטנה של זהב זוהר.

אינני יודעת האם אזכור יותר את החן שבאותו פיתוי או שמא את הקסם החידתי של הסגור המכוסה אריחים הצמוד לכנסייה, חגיגה של כחולים וירוקים וגוונים של חום־צהבהב, בסימטריה טורדת המנוחה של שורת העמודים ושל המושבים, בהימלטות, כמו במשחק מראות, לאורך השדרות הפתוחות והמוצלבות, שבהן הבתולה קלורינדה הייתה יכולה לפזר בסתר את שׂערה בין צללים רוטטים, בניחוח המתוק והנוח להתקלקל של פריחת ההדרים.

12 במאי 1983

את השנתיים שלאחר מכן בילִיתי, בעיקרו של דבר, רחוקה ממשפחתי. במהלך שנת הלימודים הייתי נשארת בלידו, ובחופשות הקיץ נמצאתי מעט בסילוס ומעט במחנה הקיץ.

בקיץ שלאחר מכן נפגשתי עם אבא, שלאחר שובו מנפולי בפנים נפולות, לא התייחס אלי במיוחד. כבר לא הלכנו לחדר האוכל ברחוב גמביני. תודות לעזרה שקיבלנו מ"פוסטבליקה", אימא החלה להכין את האוכל בבית. ה"בוקס" שלנו כוסה, כמו האחרים, בנייר פרפין שאִפשר לאור להיכנס, בצבע צהוב בהיר, הרחיק את האבק וגם נתן תחושה רבה יותר של אינטימיות. מטבע הדברים, הנייר חסם עוד יותר את זרימת האוויר, שהגיע רק מהחלל שהיו בו הכיורים והשירותים, ואשר היו בו חלונות רחבים שפנו לחצר הפנימית.

לבסוף, הגיע הרגע להיפרד לנצח ממוסד קמפוסטריני.

אף כי לא הותרתי מאחוריי תקופה של אושר, ביום עזיבתי הכנתי את מטעני המצומצם ואספתי את ספריי בתחושה מבולבלת של עצב, שמקורה היה אולי יותר בעתיד הלא ברור שציפה לי מאשר בעבר המלנכולי שהותרתי מאחור.

נשקתי לטבעת שעל ידה של אם המנזר, את הצלב שעל חזה של האחות לידיה ואת מחרוזת התפילה של האחות ג'יובנה, לחצתי את ידי החברות שנשארו עדיין בבית הספר, ולאחר שחיבקתי את גברת ויזינטיני, שירדה לגן כדי לברך אותי לשלום, ליווה אותי הדוד אלברטו, שלא חדל מלהודות לנזירות ולהחמיא להן. חציתי לבלי שוב את שער הברזל השחור, והתרחקתי בלי להביט בגדר השיחים שהקיפה את הגן, ושפעמים כה רבות חלמתי שאני חולפת על פניה בטיסה, שוחה לי קלילה באוויר או דואה במרומים כציפור.

עברתי את מבחן הסיום והשגתי ציונים מעולים, והעלמה מסה והאחות לידיה המליצו בכל פה שאמשיך בלימודים, ואם אפשר שאעשה זאת במוסד שמעניק תעודת בגרות.

עניין זה היה בעייתי מבחינת הוריי. לאור מצבנו הכלכלי הנורא, אבא סבר שלתת לבנותיו להמשיך ללמוד הוא בבחינת מותרות. הוא היה רוצה שאני, ולאחר מכן אחותי, נמשיך לעבוד מיד לאחר החינוך הבסיסי, אולי כזבניות באיזו חנות. אימא, לעומת זאת, נאמנה למטרתה וכשהיא ממרה את פיו של אבא, אולי לראשונה, התנגדה בעוז לתכנית הזאת ורשמה אותי במוסד "דנטה אליגיירי".

26 במאי 1983

ה"בוקס" שלנו פנה לרחוב ראשי בקומה השלישית, אותו רחוב שהוביל מחדר המדרגות לשירותים, שאליהם הייתי הולכת לעתים קרובות, בתירוץ שעלי לקחת מים בדלי, לשטוף את הפנים ואת הידיים או לכבס איזה פריט לבוש. למעשה ביקשתי את האור ואת האוויר שחסרו לי ב"בוקס". באזור הלילי ישַנו חמישה בארבע מיטות, שהפרידו ביניהן וילונות כבדים שאימא תלתה מחבלים, ויצרה כך מספר תאים צרים ומחניקים. המקום שלי היה בין סבתא קוארנטוטו לבין אבא, שנחר במרץ. באחת הפינות הייתה ספה רחבה למדי, שבה, לאחר בואי, ישנו יחד אמי ואחותי.

הקיץ הראשון שביליתי כולו בסילוס היה חם מאוד. הצוהר מעלינו יצר באולם הגדול אפקט של חממה. במשך היום ניסינו למעט ככל האפשר בשהייה בבית ונהגנו ללכת להתיישב על הספסלים, תחת העצים, בכיכר ליברטה. זאת הייתה ההזדמנות שבה סבתא פיתחה חיבה לדרורים והחלה להביא להם פירורי לחם, שהיה על אימא להכין בקפידה מדי יום. לפעמים, כדי להתרענן, נהגנו לקחת את החשמלית לבַּרקוֹלָה ולשחות

במרחצאות העירוניים צֵ'דאס, שבהם הייתה הפרדה קפדנית בין גברים ונשים. סבתא לא הייתה מתפשטת, אך נהגה להיחשף לשמש והרטיבה במי ים את הכיב הגדול והעמוס בכלי דם שהיה לה ברגל, כיב שלעולם לא הצליח להיסגר.

אבא, לעומת זאת, שהפצע של נפולי עדיין צרב בבשרו, היה עסוק כמעט תמיד בחיפוש עבודה. הוא לא היה מסוגל לקבל את הדין ולהסכין לחוסר פעילות. לאחר חודשים אחדים מצא עבודה זמנית בצ'ימֶה, משרד שהעריך ומיין בקשות הגירה לארצות שונות, בעיקר לאוסטרליה, שבה פליטים רבים ממכרינו פתחו בחיים חדשים. לאחר מכן הוא עבד כשנתיים עבור הממשל הצבאי של בנות הברית, כמנהל חשבונות במחסן סחורות שנועדו לספק את צורכי הכוחות האמריקניים. בתוך זמן קצר הוא למד להסתדר באנגלית והתרועע עם אנשי הצבא האמריקנים, שהעריכו אותו בשל כוחו הגופני שהזכיר את כוחו של הרקולס, וכן בשל מזגו ההרפתקני שדמה למזגם של גיבורי המערב הפרוע. למעשה, הוא היה אלוף הממשל הצבאי של בנות הברית בהורדת ידיים, ובמשך תקופה ארוכה עלה בידו להביס, כשהוא מוקף התלהבות והתערבויות מצד הפקידים, את החיילים האמריקנים הצעירים והגברתנים ביותר. לעתים קרובות היו אלו שחורים ענקיים שהזמינו אותו להתמודד פעם אחר פעם.

15 ביוני 1983

בתחילה הייתה זו אחותי ששימשה לי מדריכה ברחובות של המבוך בסילוס. היה קשה להתמצא שם היות שכל ה"בוקס" היו זהים לחלוטין. היא למדה להסתובב בהם בחופשיות, כמו עבריין קטן בסמטאות נפולי. היא נהגה ללוות אותי כשהלכתי לבקר את הדודה נינה ואת דודניי, שהתגוררו בקומה השנייה, או כשהלכתי לאיזו חברה שרכשתי לי במחנה הקיץ.

אחת מהן החלה להשאיל לי ספרים. מאז שעזבנו את פיומה, פרט ל"איליאדה" ול"אודיסאה", שלמדנו בבית הספר, לא קראתי דבר. הספרים של אבא היו עדיין בארגזים במחסן, בבית הספר היו רק כרכים חינוכיים אחדים, ולדוד אלברטו לא הייתה ספרייה. היות שכך, הספרים נראו פרי אסור. כשנפל לידי איזה ספר, הייתי מבלה שעות בקריאה, כולי שקיקה וקינאה, שרועה על הספה בתאי, בין הווילונות הכבדים שהדיפו ריח של אבק, תוך שאני שוכחת את חום הקיץ, מנותקת לחלוטין מהמציאות שסבבה אותי.

חברתי השאילה לי גם את "מלחמה ושלום", שבגיל ההתבגרות נטול החסד שלי היה לקרן אור ולנקודת ייחוס סמויה של כל שאיפותיי ושל כל האידאלים שלי לחיים.

התאהבתי בנטשה, במריה, בסוניה, בנסיך אנדריי, בפייר בזוחוב. יחד אתם בכיתי וחלמתי. החיים בסילוס נראו לי נסבלים יותר אם בסוף נטשה תתחתן עם פייר ותהפוך לאם רחבת אגן, אם הנסיך אנדריי ימות בעודו מביט בשמים העמוקים מעל ראשו ואם סוניה תצייר לעצמה שפם בפיח שחור על פניה היפהפיות הלוהטות בתשוקה.

אם כן, החיים בחוץ היו יפים, כאובים וקדושים, והתכוונתי באחד הימים להיות חלק מהם.

21 ביוני 1983

הבוקר החלפתי את הציפות של הכריות שלי בציפות נקיות, מפשתן, שאמי רקמה עבור הנדוניה שלה. הבחנתי בכאב שבמקומות אחדים האריג חלק ושקוף כמו עורם של אנשים זקנים. לא אשתמש בהן עוד, כי אינני רוצה שהזמן יתענג מוקדם מדי על ניצחונו האחרון. אציל אותן יחד עם מברשת להברשת בגדים, מקטיפה אדומה, שצורתה חתול ואשר אמי נתנה לי במתנה ליום הולדתי לפני שנים כה רבות. שמרתי עליה באחת הפינות בארון, במה שהוא למעשה פינה סודית בלבי, לעתים נידחת ומאובקת, לעתים פינה המתפשטת על פני סחרחורת השנים שחלפו.

לזמן מה, אעקור אל תחומי השחיקה והשכחה את התחרה ואת ה־Q התפוחה של ראשי התיבות, שנרקמה בידיה הסבלניות והבתוליות של אמי. מאבק עיקש ובסופו של דבר חסר תועלת, כמו המאבק של אורסולה ב"מאה שנים של בדידות" בניסיון להגן על חייה מפני כוחם של העשבים השוטים ומפני פלישת הנמלים.

אני לא רקמתי את הנדוניה שלי. רכשתי אותה בכסף

שהרווחתי בעבודה כפקידה בחברת הביטוח "ג'נרלי". לפני שלימדתי, עבדתי בחברה במשך שש שנים תודות לשליטתי באנגלית ולתעודת המתורגמנית וכותבת המכתבים שהשגתי בעודי לומדת בפקולטה למדעי הרוח.

26 ביוני 1983

בגן של כיכר ליברטה, ששם הלכתי כהרגלי באחד הימים כדי לחפש מעט הקלה מן האוויר הבוער באולם שלנו, אוויר שהיה בלתי נסבל במיוחד בתחילת אחר הצהריים, אספתי דרור שנפל מהקן. אחותי ואני אהבנו בעלי חיים, ואותה ציפור קטנה שימחה אותנו מאוד. גם סבתא קוארנטוטו התרככה. האכלנו אותו לחם רטוב וחלמון של ביצה רכה, הנחנו אותו לישון בקן עשוי בד ולקחנו אותו לשאוף אוויר מחוץ לסילוס.

במהלך אחד הטיולים הללו, הציפור נלכדה בידי חתול שהופיע בפתאומיות מתחת למשאית. התחלנו לרדוף אחריו בבעתה עד שהחתול המבוהל שמט את הציפור, שהייתה פצועה ומדממת, אבל עדיין בחיים. הציפור הקטנה חייתה עוד ימים אחדים, כמעט כדי לא לבגוד באהבתנו. אחר צהריים אחד, בעודי ישנה במיטתי, הלומת חום, זרועותיי תלויות עד לרצפה כדי להימנע ממגעם הלוהט של הסדינים, הדרור בא לחפש מקלט בחלל ידי השמוטה. זאת הייתה הפרידה שלו. למחרת מצאנו אותו מוטל על צדו, חוט של ריר נוזל לו מהמקור, עיניו עצומות, רגליו הקטנות אסופות. בעלי החיים מתמודדים עם

המוות בשלווה, בכבוד. עיניו הענבריות, מפתחות סודיים של חיים שאין להם חקר, ידעו לאמץ את המסתורין ללא מרידה.

לאחר ששמנו את הדרור בקופסת נעליים יחד עם מעט מזון, דודני אֶנצו עזר לי לחפור בור, בין סילוס לבין התחנה, ולקבור אותו.

2 ביולי 1983

היו פעמים אחרות בילדותי שבהן מותו של בעל חיים הסעיר אותי. חתלתול חולה שאספתי בגן ושהשגחתי עליו בבית נעלם באחד הלילות. הוריי לקחו אותו. שכנים הקריבו תרנגול צעיר על מזבח הרעב ששרר בזמן המלחמה, שנפח את נשמתו לנגד עיניי ללא תלונה, תוך שהוא רועד מאוד. תרנגולת לבנה קטנה, שאבא הביא אותה חיה מאזור הכפר של איסטריה ושהתחבבה עלי מפני ששהתה ימים אחדים במרפסת המטבח, הופיעה ביום חג על השולחן, צלויה. ובכן, כדי לאפשר לנו לחיות, מישהו היה חייב למות. זו הייתה האשמה הקדמונית.

מאז לא שבתי לאכול בשר, ורק הדודה אדה הצליחה לשכנע אותי, מאוחר יותר, בלידו, שלטובתי כדאי לי לאכול מדי פעם אומצת שור, תוך שהיא משיבה לשאלותיי החוזרות ואומרת שאין מדובר בבשר של עגל אלא בפר בוגר, שהרגו אותו לאחר שהוא זכה ליהנות מאהבתה של אמו, לאחר שהוא ינק את החלב שלה עד לרוויה, לאחר שחווה במשך עונות אחדות את שמחות האפרים לעת קיץ. הדוד אלברטו, מצדו,

העיר לי שכשאני דגה ואוכלת דג, אינני מלאה בספקות רבים ביותר. וכך, כל נגיסה הייתה סתירה שאין לה תקנה, וכל נגיסה דקרה את לבי, שעדיין אצר כמיהות אפלות למטמורפוזה.

3 ביולי 1983

הסתיו הביא לנו מעט הקלה והזדמן לי פעמיים ללכת עם משפחתי לסֶמֶדְלָה, באזור B, שם היו עדיין לדוד דומניקו אדמות פוריות. הגפנים היו עמוסות אשכולות בשלים, ועל שולחן העץ הגדול, שהוצב מתחת לגזוזטרה המוצלת שבחזית הבית, בנותיו הרבות של דודי, שסבתי החשיבה אותן לטיפשות, וכן בנו היחיד, שנישא לבחורה טובה – למרבה הצער עקרה, הדגישו קרובי המשפחה – הניחו סלים של פירות, אשכולות של ענבים קטנים ומאובקים, נקניקים ולחם ביתי.

אימא אמרה לאחותי ולי שעלינו להימנע מלהישאר לבד בחברת הדוד דומניקו. מאוחר יותר היא הודתה באוזנינו שהוא החזיק את אשתו, שהייתה חולת נפש, במשך תקופות ארוכות כמעט מוסתרת בעליית גג. אימא סיפרה שמדי פעם הוא היה עולה לשם כדי להתעסק אִתה, ושם, בעליית הגג הוא היה מכה אותה ואונס אותה עד שנפטרה. זעקותיה של האישה היו סיוט הילדות של אמי בשנים שהיא בילתה בביתה. בנוסף לכך, לאמי היו סיבות לחשוד שהוא מתעלל גם בבנותיו.

יחד עם זאת, הדוד לא נראה כל כך מרושע. כשהוא בא לבקר

אותנו בסילוס עם ערמה של מתנות – ביצים, תאנים, גבינה, הוא היה מתרגש עד דמעות כשדיבר על אחייניתו. "יוּלֶה היא מלאך," כך הוא היה אומר. "אהבו מאוד את אמכם, ילדות," והוא היה מוחה את עיניו בממחטה לבנה גדולה, שלאחר מכן היה מעביר גם בתלמים העמוקים שבמצחו, שם הזיעה הייתה מצטברת בנחלים קטנים וכהים. שנים אחדות לאחר מכן, הדוד התייבש כמו עץ ונפטר מסרטן הריאות.

10 ביולי 1983

היום אני קולטת כישוף מוזר בביתי. הכול דומם, שקוע בשמש הקיצית החמה החודרת בהחלטיות מבעד לחלונות הגדולים הפתוחים לרווחה לעבר העצים. פרחי הגרניום במרפסת עם לשונות של אש, ההרדוף ענן הבל ורוד. הילדים הלכו לחוף הים בברקולה, עם חבריהם, והשקט שאופף אותי מדכא אותי מעט. ייתכן שגוש קטן ששוב גיליתי לעצמי בשד מזכיר לי את הצל שאתו עלינו לחיות. כל חיים מכילים בתוכם את זרע חורבנם.

אבל מחר נצא כולנו יחד ונלך לאיים שלנו המיושבים על ידי האלים. קֶרזוֹ, אוּנִיֶה, קָנידוֹלֶה, אוֹריוּלֶה, לֶברֵדָה. במשך שנים עשר יום גם אני אהיה בת אלמוות.

2 באוגוסט 1983

בינתיים, סבתא החלה לחיות את תקופת האושר האחרונה בחייה, היות שהיא זיהתה את האפשרות להפוך את סילוס לבמה נוספת. כדי לפתות את קהלה, היא בחרה בתפקיד הגבירה הגדולה המתמודדת בכבוד עם ייסורי העוני והגלות, ואשר מנחמת במופת הנחישות שלה את חבריה למזל הביש. היא הדגישה את חזות הישישה השברירית שלה, זו הנזקקת לעזרה, והסתירה את האנרגיה יוצאת הדופן שלה ואת בריאותה תחת עטרה משיית של שֵׂער לבן, ובעגלגלות של גופה חסר הצורה, שהיא ידעה להעניק לו חזות חגיגית בתנועות אטיות ובצעדים עייפים.

מדי פעם, ברגעים שבהם סברה שעליה להיראות נרגשת במיוחד, הייתה מביימת תחושה לא טובה, פרפורים, עילפון קרב ובא. "החיים רועדים לי," היא הייתה אומרת בעודה מעסה את לבה, כאילו כדי להעלות באוב את הרע מכול, והיה עולה בידה להפיק דמעות אמיתיות.

מתיקותה ואצילותה של הזִקנה כפי שהיא הפגינה אותן בציבור הפכו לסניליות וולגרית כשהיא הייתה חוצה את מפתן

הבית. היא גרמה לאימא לשרת אותה בכל עניין אם היא הייתה שוהה אצלנו, ואם היא הייתה אצל הדודה נינה, היא הייתה מתלוננת ומתווכחת אִתה. היא שנאה את שני החתנים, ובמיוחד את אבי. סבתא לא חשה כל כבוד כלפי הדוד רוּדי. היא בזה לו, קיללה אותו וכינתה אותו שיכור ולא יוצלח. לעומת זאת היא נאלצה לכבוש את השנאה האפלה ומלאת הטינה שהיא חשה כלפי אבא, שכן היא חששה מפני החתן הענק הזה, שהביט בה בעוינות דוממת ושלט על עצמו רק כדי לא להכאיב לאמי. את הנכדות היא ראתה כישויות חסרות משמעות, עם הבדל מסוים בכל הנוגע לי תודות להצלחתי בלימודים. את רוב קרוביה היא הגדירה כ־bardassoni, מושג שהיא טבעה כדי לציין יומרה ריקה שמתבטאת בפטפוט טיפשי ובלתי פוסק.

בתוך זמן קצר עלה בידה שהכול יכירו אותה ולבלוט בתוך ההמון האלמוני של הפליטים. הכירו אותה וחששו מפניה בעיקר כמארגנת של מגביות. כשהתרחש אסון לאומי, היא הייתה עוברת מדלת לדלת בעקשנות ללא לאות וכך עלה בידה לאסוף סכומים נאים, שלאחר מכן הייתה מוסרת, בשם כל הגולים, לאחת הרשויות. באחד הימים הממונה כינה אותה "ראש העיר" של סילוס, תואר שהיא התגאתה בו תמיד.

16 בנובמבר 1983

לפני יומיים, לקראת לילה, יצאה הדודה נרינה לבושה בחלוק מהחדר שהיא התגוררה בו בווילה צֶ'לֶזְיָה בקומו, וכהרגלה עשתה את דרכה אל הפארק כדי להאכיל את החתולים. בדרך זאת היא הייתה ממלאת את ימיה האפורים וחסרי התנועה, שסומנו על ידי איזה ביקור בביתו של בנה רוברטו, או במחלקה שבה אושפז הדוד ויטוריו, שזה שנים סובל משינויים חדים במצב רוחו, שגורמים לו להרגיש, או באופוריה מופרזת, שאז הוא מלא יוזמות קצרות וחסרות שחר, או בדיכאון עמוק.

למחרת בתשע בבוקר מצאו אותה מוטלת על הארץ מתה. כך, בבדידות של לילה קפוא, היא סגרה מעגל של חיים שהגיעו לקצם לפני זמן רב.

גם הדודה נינה עזבה אותנו בדממה לקראת חג המולד, לאחר שעבדה שנים כה רבות בלי מנוחה, בבתים פרטיים, כאחראית על ניקיון במשרדים ובשטיפת כלים במסעדה.

18 בנובמבר 1983

סבתא אנקה באה לבקר אותנו לעתים קרובות. בדרך כלל היא בוחרת את אחר הצהריים של יום שלישי, כשהיא יכולה לפגוש את ולריה, שאינה מדברת עוד מזה חודשים והולכת רק אם תומכים בה. היא מביטה בנו בעיניה הלחות, מלאות אהבה, ואם היא יכולה היא מרימה את ידה כדי להתוות ליטוף יגע.

סבתא אנקה סבורה שהיא הילדה הנאה ביותר בעולם. היא מביטה לראות האם היא גדלה מעט, האם הצבע שלה טוב, האם היא לבושה בבגדים חמים דיים. היא ממליצה על חליטות, על מיצים, על מיני טיפולים מאוששים כדי לחזק אותה. מפעם לפעם, בעודה מביטה בה, היא אומרת "חבל," ונאנחת אנחה קלה. בגיל כמעט שמונים, היא גילתה את האהבה האימהית שנמנעה ממנה למרות קריירה ארוכה ומגוונת בתחום הנישואין. כשהיא באה, אני עוזבת. אני משאירה אותה זמן מה לבד עם ילדתה ושומעת מהחדר השני את הנאומים הארוכים, את משפטי העידוד, את צחקוקי השמחה שהיא מפנה אליה בדו־שיח סגור ומסתורי.

19 בנובמבר 1983

אם חום הקיץ בסילוס היה מבחן שקשה לעמוד בו, הרי שהחורף התגלה כטרגדיה. הדרך האפשרית היחידה להסיק את ה"בוקס" היה תנור חשמלי קטן, שהנתיך שלו "קפץ" כל העת ושבקושי הצליח לרכך את האוויר החותך באולם, בעיקר באותם ימים שבהם נשבה ה"בּוֹרָה"[9]. היה נורא להתפשט בלילה ולהיכנס לסדינים שהיו כמו עשויים משיש, ונורא עוד יותר לצאת בבוקר מחמימות המיטה כדי להתמודד עם האוויר סביב, אוויר עוין, ועם המים הקפואים בברזים. אני סבלתי מהתקררויות ומפריחות בעור. כשלמדתי והיה עלי להישאר זמן רב מול הספרים בלי לזוז, אימא הייתה מחממת מים, ממלאת קערה ומניחה אותה מתחת לשולחן כדי שאוכל לטבול בה את רגלי הכואבות.

העיקו עלי גם כישלונותיי בלימודים. בתחילה, למעשה, לא הצלחתי במיוחד בבית הספר. מהניצחונות של בית הספר

9 Bora – רוח צפונית/ צפונית־מזרחית, אופיינית לאזור האדריאטי והבלקנים.

היסודי עברתי לתבוסות בתיכון. המורה לספרות ושפה, גברת פיסקיאנץ הייתה תובענית מאוד, חמורה ונוקשה. היא הטילה עלי אימה. לפעמים, מיד כשהגעתי לשיעור נאלצתי לרוץ לשירותים כדי להקיא את ארוחת הבוקר.

בשליש הראשון מצאתי את עצמי עם שלושה ציונים שליליים בתעודה, אחד מהם ביוונית. יחד עם זאת, למדתי הרבה, למרות הקשיים הפיזיים, ובשום פנים ואופן לא התרשלתי בלימודיי. הרגשתי אבודה. כשאימא ראתה שאני מודאגת, היא מצאה דרך ללמוד את האלפבית היווני כדי שתוכל לעזור לי והייתה גורמת לי לחזור על המילים, על הצורות הנגזרות ועל הפעלים, וסופה שגם היא ידעה מעט יוונית. בשליש השני, שלושת ציוני ה"לא מספיק" נעלמו ושנת הלימודים הסתיימה בממוצע מכובד של 7, שלאחר מכן הצלחתי לשמור עליו ללא תנודות גדולות מדי, עד לכיתות העליונות.

הכיתה שלי, כיתה D, הורכבה מבנות בלבד, האחראי על הקטכיזם, האב ריגוֹנֶט, קידם באותה שנה כיתות נפרדות לבנים ולבנות. בשל ביישנותי, ההפרדה לא הפריעה לי כלל ועיקר. הבנות בכיתתי בוודאי לא נודעו במיוחד ב"דנטה" בשל יופיין. קלאודיו, שלמד בכיתה המקבילה, סיפר לי שכינו אותנו "האטריות מ־D". אף על פי כן, חברותיי, שהיו הרבה יותר

מרושלות מהבחורות בימינו, נראו בעיניי נאות מאוד, כולן, לבושות באורח אלגנטי, מעודנות ומרתקות. הבטתי בהערצה באלה שלבשו חצאיות סקוטיות בצבעים יפים, ששילבו בלבושן סוודרים מצמר, נעליים עם עקב קטן, או כאלה שאפילו ענדו מחרוזות פנינים. אחת הייתה בת למשפחה אמידה, אחרת הייתה בת למשפחה צנועה או למשפחת פליטים, כמוני, אבל לפחות לכולן היה בית של ממש.

רכישת ספרי הלימוד הייתה דרמה קטנה מבחינת משפחתי. נדרשו ספרים רבים, ובהם בעיקר המילונים היו יקרים. למרבה המזל הליגה הלאומית השאילה לי ספרים אחדים, ואילו אחרים נרכשו מיד שנייה או בתשלומים.

24 בנובמבר 1983

לאורה בת חודש וימים אחדים. היא תינוקת נאה ביותר. לחייה ורדרדות ושׂערה שחור כהבנֶה. לאורה לא הייתה אמורה להיוולד. אביה, סביה וחברי משפחה רבים לא רצו לקבל אותה כשהכריזו עליה בנסיבות שהכול סברו שהן אינן מתאימות. כעת היא נכנסה כמו חיוך לחייהם של אלו שלא רצו אותה.

הלכתי לבקר אותה יחד עם מתנדבת אחרת מה־Cav. בעוד האם מפטפטת אתנו, האב טיפל בה בחופשיות, כפי שמקובל כיום בין הצעירים. הוא הציע לנו משהו לשתות, חימם את החלב, עטף את הילדה בשמיכה קטנה, הניח אותה בזרועותיי ואִפשר לי לתת לה את הבקבוק.

בעודי שואפת את ניחוחה הרך, חשבתי שבסופו של דבר לאורה היא גם מעט שלי, ושהיא לא תדע זאת לעולם.

25 בנובמבר 1983

במשך היום דלת ה"בוקס" שלנו הייתה פתוחה תמיד, אפילו בחורף. המנהג היה משותף לכולם. יכול להיות שהדבר גרם לנו להרגיש מעט פחות בודדים בתחושת העזובה של הגלות.

וכך אנשים היו נכנסים למטבח ללא הרף כדי לרקום איזה עניין עם סבתא, או כדי לבקש מאימא משהו בהשאלה. היו מגיעים חברים של אחותי כדי להציע לה לבוא לשחק, או הדודים והדודנים שלנו כדי לומר לנו שלום. במטבח, אמי פתרה בעיות, הכינה אוכל וטיפלה בתרופות בכיב שהיה לסבתא ברגל. הפעולה דרשה זמן. ראשית היה צורך לרחוץ את הפצע במים פושרים ובתמיסת חיטוי, לאחר מכן נדרש לכסות אותו באבקת פניצילין, ולבסוף – לחבוש אותו בזהירות. סבתא אהבה מאוד להאזין לרדיו, בעיקר למהדורות החדשות של "ונציה יולי" ולתחזית מזג האוויר. התשוקה הזאת שלה גברה עם השנים ועם הסקלרוזה, עד כדי כך שכשהיא באה לגור אתנו ברחוב פיקרדי, אמי נאלצה להעתיק פעמיים ביום את כל הנתונים האזוריים הנוגעים לתנאי מזג האוויר, כולל את אחוזי הלחות באוויר, שתמיד הרשימו אותה מאוד, וכן את

הלחץ האטמוספרי במיליברים. סבתא הייתה כועסת אם אימא לא הדליקה את הרדיו בזמן או אם לא הכינה מבעוד מועד את הנייר והעיפרון, או השמיטה איזה מספר.

מבזקי החדשות של סבתא היו רק חלק מתכניות הרדיו שיכולתי לשמוע באותם זמנים; קולות שבאו מה"בוקס" של השכנים, שניסו כמונו להגביר את עוצמת מכשיר הרדיו שלהם כדי שלא יפריעו להם להקשיב לו. כשלמדתי, יחד עם אחותי, שגם היא הכינה את שיעורי הבית כשהיא יושבת ליד שולחן המטבח, נאלצתי לקרוא בקול רם כדי שהמהומה שהקיפה אותי לא תסיח את דעתי. עד מהרה למדתי להתנתק לחלוטין מכל מה שהתרחש סביבי ולחשוב אך ורק על ספריי. לתרגיל הריכוז הזה, שגיבוריו של קָנֵטי מעריכים כל כך, אני חייבת את התחושה שחייתי את אותן שנים כשאני מופרדת מן האירועים על ידי קרום של אי מציאות. חיי היו חלום, האנשים שנעו סביבי היו צללים. אני בקושי מצליחה להצמיד שם וקול למי שבאו לבקר אצלנו, ומעטים הם האנשים מסילוס שאני זוכרת באורח אינדיבידואלי. מהאולם שלנו, למשל, משכה את תשומת לבי אישה מצ'יטָנוֹבָה, אם לשני ילדים, אישה חיוורת ורזה, בעלת עיניים פקוחות מאוד ומלאות פחד. באורח קבע, פעם בחודש, בעלה היה מכה אותה לאחר שהיה משתכר בכספי הסיוע. היא התביישה מאוד במה שקרה לה ובסימנים על פניה,

שלא הצליחה להסתיר. הייתה גם "הדלמטית", אישה גבוהה מאוד, זקופה, לבושה בחצאיות עם קפלים קטנטנים, כפי שהיה נהוג בארצה. היא נשאה דליים של מים על ראשה וצעדה בצעד אלגנטי, בלי לאחוז אותם בידיה. היא הייתה מניחה את הדליים על עיגול קטן של בד שהיא נשאה ככתר קטן. עד עצם היום הזה, זהה לעצמה, רק מקומטת יותר ונוקשה כמעט כמו קרטון, היא מתהלכת בלבושה המיוחד בשכונת תרזה, בין רחובות גֶגָה וצֶ'ליני, שם היא מתפרנסת מליווי של משלחות של סלָבים שבאים לערוך קניות בטרייסטה.

גם המאסטרו היה דמות בולטת. אני מתארת לעצמי שהוא היה מורה בבית ספר, אבל מי שכינה אותו "מאסטרו" היה מוסיף מטען כזה של כבוד, שנדמה לי שחובה לכתוב Maestro ב־M גדולה. הוא היה גבר כבן שלושים, משופם, גברתן, ובשרו מעט רופס. הוא בוודאי ניחן בכריזמה ניכרת. במשך תקופה מסוימת עלה בידו להיות האחראי על הבידור בסילוס, כשהוא ארגן פעילויות פנאי, מקהלות ומופעים. גם אבא הרשה לעצמו להיענות לפיתוי, ובמסגרת הצגה לחג המולד גילם את תפקיד מלכיאור, כשהוא עטוף בסדין לבן, על ראשו כתר מוזהב ופניו מושחרים באמצעות פקק שעם שרוף. אימא מצדה, כולה רועד ונרגשת, גילמה את אנה, אמה של מריה.

סבתא קוארנטוטו הביטה במאסטרו במידה של הסתייגות, שכן היא ראתה בו מתחרה מסוכן בכל הקשור לפופולריות, הצטערה על כך שהוריי נמנים בין חסידיו והגדירה אותו כ־bardasson.

28 בנובמבר 1983

בחלק שנועד להיות חדר השינה, ה"בוקס" שלנו גבל בזה של אֶמָה. יותר מאשר על שכנות, אפשר לדבר על מגורים משותפים. מחיצת העץ הדקה וגג הנייר הבטיחו לא יותר מאשר בידוד ויזואלי, ומובן שלא העניקו בידוד אקוסטי.

אֶמָה הייתה עדיין אישה צעירה ויפהפייה והיא חייתה יחד עם בן קטן, חסר מנוחה ומרדן, שרבים כבר ראו בו חיית לילה. על הילד העיקה העובדה שהוא "ממזר קטן". לאֶמָה היה סיפור עצוב. בעברה היא הייתה נשואה ואם לשני ילדים, ובמהלך המלחמה היא חדלה לקבל ידיעות מבעלה, שיצא לחזית, עד סוף העימות הצבאי. בחושבה שבעלה מת, היא נקשרה לגבר אחר וילדה לו ילד. ואולם, בעלה חזר, גירש אותה מהבית והשאיר אצלו את שני הילדים. גם הגבר האחר התפוגג לאחר זמן קצר והיא מצאה את עצמה ענייה ובודדה, נאלצת לגדל לבד את פרי אשלייתה. אך לאֶמָה היה מזג אופטימי. היא הייתה שחומה, חצופה ובעלת תעוזה. שׂערה העבות והמקושט היווה מסגרת לפנים חייכניות ומעט וולגריות. בשעה שהיא עשתה את עבודות הבית היא שרה תמיד בקול נהדר ומלא אנרגיה.

לעתים קרובות, אמה קיבלה בחורים ב"בוקס" שלה, ומצדו האחר של הקיר המפריד יכולתי לשמוע את צחוקה העליז והמתגרה ואת הלחישות של שותפות למעשה של מאהביה. לעתים הייתי מכסה את אוזניי כדי לא לשמוע דבר. Mater castissima, regina sine labe originali concepta, ora pro nobis.[10] יום אחד אמצא גבר חזק, נדיב וטוב כמו הקטור, כמו פייר בזוחוב, ואקסים אותו כשאפנה לעברו בחיוך.

10 לטינית: "אם טהורה מאוד, מלכה שהורתה ללא חטא קדמון, התפללי למעננו".

8 בדצמבר 1983

הרצפה בכנסייה בכיכר רוסמיני עשויה שיש לבן ומחולקת לריבועים באמצעות פסים בצבעים שונים. משמאל, באמצע אולם התווך, בדיוק מתחת לאחד העמודים, בשיבוץ בצבע ורוד, מתגלה בבירור המתווה של קונכייה מאובנת, גדולה כמו זו שקיבלתי במתנה מסבתא אנקה ואשר מעטרת את השולחן בסלון ביתי. במהלך המיסה של יום ראשון אני נוהגת להתמקם בקרבת העמוד הזה, ללא כל סיבה מיוחדת, אלא כמחווה לאותו טקס לא מודע ומרגיע המזמין כל אחד מאתנו לחפש את המוכר, לחזור על התנועות שקודם לכן בוצעו באורח מקרי בלבד. מבטי עוקב זמן רב, בעיקר בעת הדרשה, אחר הקצב ההרמוני של השריון המחולק לתאים אשר עליו, ברגע הרמת הגביע, אני כורעת על ברכיי, כך שלרגע קט ההווה מתאחד עם עבר ללא גבולות, מאובן בפיתולים ורדרדים, בהתבוננות במסתורין של הנצחי.

10 בדצמבר 1983

כפות ידיו של מר זָקיני גדולות, אבהיות, חכמות, וגבותיהן מכוסים שׂער אדום. אני מביטה בהן תמיד בפליאה, כשלאחר השלמת העבודה בגינה, הוא עולה לביתי מכוסה בוץ כדי לשתות קפה. בתקופה הזאת בשנה הוא עסוק מאוד בגירוף עלים יבשים, שהוא קובר בבור עמק שנחפר מאחורי הבית. כך הוא מכין לקראת העונה הבאה רקבובית באיכות הטובה ביותר, שהוא מזבל בה את ההורטנזיות ואת הפרחים האחרים באדניות. מר זוקיני הוא פליט מאוּמָגוֹ ונפל בחלקו לחוות את כל מוראות הגלות, אך הוא ידע להתגבר על הקשיים תודות לתושייתו ולידיו. זה שנים רבות הוא הגנן של קהילת השכנים שלנו וכן המכשף הביתי שלי. אני פונה אליו אם ברז דולף, אם מכונת הקפה שורקת באורח מסתורי, אם דלת אינה נסגרת או אם מעקה המרפסת מאוים על ידי חלודה. הוא היה מי שתיקן את אופני הילדים כשהם היו קטנים. במשפחתו הוא אב ובעל מלא תשומת לב. הוא יוצא מגדרו למען ילדיו ואשתו, שהיא חולת לב. הוא עושה את כל הקשור בבית, מקניות ועד ניקיון וכביסה.

היום הוא הניח את צמחי הגרניום שלי הרחק מהקור, בחממה מפלסטיק באחת מפינות החצר, וקשר את ענפי הבוגנוויליה שרוח הבורה טלטלה. בעודו שותה את הקפה הרגיל במטבח, מבטו התעכב על מכונת הכביסה שלי שפעלה באותה שעה. הוא הניד בראשו ואמר שמכונת הכביסה היא ההמצאה המועילה ביותר במאה העשרים בשל החיסכון העצום במאמץ שהיא מאפשרת. כביסות רבות עשה האיש במהלך חייו.

גם אמי נהגה תמיד לכבס את הבגדים ביד. רק בשנים האחרונות לחייה, ברחוב פיקרדי, היא יכלה להרשות לעצמה מכונת כביסה. אם בפיומה הכביסה הכבדה שכללה סדינים, מפות שולחן ומגבות דרשה מאמץ, הרי שבסילוס היה מדובר באתגר עצום. אימא הייתה מחממת בסבלנות מים בסירים גדולים, שופכת את המים המהבילים בדלי גדול של עץ שניצב בחדר הכלים וכך היא הייתה מותירה את הכביסה בהשריה באפר מומס במים לכל הלילה. למחרת היא הייתה לוקחת את הכול למכבסה המשותפת, משפשפת ארוכות את הכבסים בסבון בעודה רוכנת על בריכת הבטון, ולאחר מכן הייתה שוטפת הכול במים קרים מאוד. בחורף ידיה היו תמיד אדומות, מחוספסות ומעט נפוחות. למרות המאמץ שהעבודה הזאת דרשה מגופה החלש, היא לא הרשתה לאחותי ולי לעזור לה והביטה בנו בקורת רוח אם לא נטשנו את ספרינו. היא רצתה

שהלימוד יאפשר לנו להימנע מקיום מתיש כשלה. מה שגרם לה לסבול עוד יותר במשך אותן שנים היו הצרות של אחותי בבית הספר, בשל חוסר שקדנות. כשלוצ׳ינה הושעתה, אימא לא ידעה את נפשה, וכשלא התקבלה למגמת המדעים בתיכון, היא חלתה. היא ראתה את בתה נידונה לגורל של הישארות לנצח בביצת העוני, בלי אפשרות להימלט. היא התחננה עד ששכנעה אותה להירשם לסמינר למורים, שם הצליחה אחותי לבסוף להשיג תעודת הוראה, בלי צרות נוספות.

11 בדצמבר 1983

במסה מאת אלן קורבן, המוקדשת להיסטוריה החברתית של הריחות, בין תיאורים אחדים של תאוריות מדעיות מהמאות ה־18 וה־19, אשר התבססו על חקר נוזלים, אדים אלַח וריקבון של בני אדם ושל סביבות שונות, יש פרק המוקדש ל"הבל הבית", שהוא סינתזה של כל הפליטות האינדיבידואליות.

מדעני התקופה היו מוצאים שפע של חומר למחקריהם בנוף הריח של ה"בוקס" שלנו, שעל אף שהיה מורכב, שלט בו ניחוח שנבע מבישול הירקות היבשים, הצִיר המרכזי בתזונה שלנו. בשל זמן ההכנה הארוך, היו שמים אותם לרתיחה על הכיריים בשעת בוקר מוקדמת, וכך היינו ממלאים את ימינו בפליטותיהם. באורח מחזורי, בשל ההוצאות הלא צפויות והבלתי נמנעות שלנו, כשהכסף המועט שקיבלנו כסיוע, בתוספת למה שאבא הצליח להרוויח מעבודותיו הקטנות, היה חייב להיות מופנה מיעדו היחיד, המזון, התזונה שלנו הפכה למונוטונית במשך שבועות אחדים. או אז התבסס מזוננו אך ורק על שעועית, שמחירה היה נמוך ושסילקה במהירות את דקירות הרעב. אימא ניסתה לתת טעם מגוון לשעועית, ולכן

הייתה מכינה אותה בדרכים שונות. פעם הייתה מגישה אותה מבושלת עם פולנטה, פעם בסלט של בצל חי ופעם מסוננת בבד ובצורת נזיד עם פסטה ותפוחי אדמה. למרות הניסיונות הללו להסוות את השעועית, לאחר ימים אחדים אחותי ואני התחלנו להתקשות בבליעה, סבתא הייתה הולכת לאכול אצל הדודה נינה ואימא העמידה פנים שהיא אינה רעבה. היחיד שהיה שבע תמיד היה אבא, שניחן בקיבה מפלדה, בתיאבון מצוין ששום דבר לא היה יכול לקלקל אותו, וגם בהיעדר כל גחמה בתחום המזון.

14 בדצמבר 1983

המותרות הקטנים היחידים שהוריי הרשו לעצמם מדי פעם היו סרט בקולנוע מדרגה שלישית, ביום ראשון אחר הצהריים. הם תמיד הלכו לבד, שכן היו להם די והותר הוצאות עלינו. אימא אהבה סרטים על אהבה, סיפורים סנטימנטליים, "מעשים אנושיים", כפי שהיא נהגה לומר, שמשקפים את "הכאוס של החיים". אנחנו שתינו העדפנו סרטים היסטוריים מיתולוגיים או סרטי הרפתקאות, שהביאו לנו את ניחוחותיו של מזרח מרתק ואכזרי, ושעסקו במוסקטרים העשויים ללא חת או בשודדי ים חצופים וחינניים. היו אלו חלומות קטנים, שבמשך שעתיים, בבתי הקולנוע אזורו, אודיאון או בֶּלְוֶודֶרֶה, אפשרו לנו להישאר במשך שעתיים באוקיינוסים מסוכנים, באיים ירוקים, בארמונות שופעי עושר. ארול פלין וברט לנקסטר היו שחקני הקולנוע המועדפים עלינו, יחד עם פייפר לורי וג'ין סימונס, שאת הבעות פניהן ניסיתי לחקות מול המראה.

בלילה, בבית, אימא נהגה לספר לנו את עלילת הסרט שהיא צפתה בו, ואם העניין היה "אנושי", היא הייתה מתרגשת עד דמעות, בעיקר כשהיה מדובר באיזה סיפור ישן עם גרטה

גרבו, שהיא סגדה לה כאלָה עוד מהימים בפיומה. סבתא, כמובן, איבדה את הסבלנות עם ה"קשקושים" האלו שלא היו קשורים, לא באורח ישיר ולא באורח עקיף, אִתה או עם הנתונים המטאורולוגיים של האזור.

15 בדצמבר 1983

בלילות החורף, במהלך השקיעה, פיסת השמים שמצטיירת בקצה רחוב קַטָרוֹ נצבעת בארגמן, וככל שהאוויר קר וקשה יותר, כך ניצת הגוון האדום ונוצץ כאבן אודם. כשהדלֵקה שוככת ונצבעת בגוונים של סגול, מופיע ברטט קל הכוכב הראשון, בדיוק מעל לענף האקציה שמתארך, שחור ודק, עד לשביל בגן המוליך לביתי.

הכוכב הקטן הזה מביא לי את הלילה, שאינני אוהבת. אז אני ממהרת להגיף את התריסים ולהסיט את הווילונות, כמו כדי להרחיק מחיי את האפלה והקור שכל כך הציקו לי בשנות גיל ההתבגרות.

אך היום היססתי מעט לפני שהרחקתי את הכוכב שלי ממסגרת החלון, כאילו הכוכב, באמצעות רעד חדש, דורש את תשומת הלב והאחווה שלי כדי לגלות לי את סודה של עייפות אינסופית של חללים ובדידות.

16 בדצמבר 1983

העובדה שהיא הייתה אנאלפביתית היוותה עבור סבתא עינוי וגם בעיה. לאמתו של דבר, היא קראה בגמלוניות גסה וכתבה בשגיאות כתיב ותחביר רבות. באופן טבעי, היא ביקשה לשמור על הדבר בסתר, ובנוכחותם של אנשים אחרים נהגה להעמיד פנים שהיא אינה מיטיבה לראות או שידה רועדת. היא הרגישה נחיתות מסוימת רק בחברתם של אנשים שלמדו ושידעו לומר את הדברים "במילים יפות".

הדוד אטיליו, שׂכיר כנוע ואיש רוח, זכה שסבתא תסיר מעליו את האבק כשהיא הייתה בראשית תפקידה כמנהיגת סילוס, וקלטה שהיא זקוקה לצדה לאדם כותב. הדוד אטיליו חי עם אשתו אלווירה ועם חמותו רוזינה, אחותה של סבתא, בחצי מרתף ברחוב ברוֹלֶטוֹ. חלונות דירתו היו בגובה הרחוב וחדריה היו אפלים ולחים. הדודה רוזינה הייתה חסרת שיניים לחלוטין ונהגה לשאוף טבק. מפעם לפעם הייתה מניחה על גב כף ידה פיסת נייר קטנה עם אבקה צהבהבה, שואפת, מתעטשת ולאחר מכן יורקת לתוך ממחטה. הייתה לה פקעת משונה בצד "מעֲצבּים", כך היא נהגה לומר – שהיא לא שמה

לב אליה יתר על המידה. באווירה הזאת, הדוד אטיליו עסק בענייני רוח. הייתה לו חולשה לדיפלומות, שאסף כאילו היה מדובר בבולים. יום אחד הוא הראה לי, רועד כולו, כמות נכבדה של תארי כבוד שניתנו על ידי אוניברסיטאות מטעם עצמן מכל רחבי העולם. בצעירותו הוא כתב רומנים פטריוטיים אחדים, בסגנון כתביו של ד'אנונציו, ועלה בידו שסילביו בֶּנקוֹ יזכיר אותו. פרסום אותם ספרים העלה את קרנו מאוד בעיני סבתא, ואף שהוא היה משועבד לה, היא התייחסה אליו בכבוד בזכות ההילה שהקיפה אותו כאדם היודע לעשות שימוש מתוחכם במילים. אפילו הדודה אלווירה נהנתה מקרינתו של אותו אור וזכתה שסבתא תגדיר אותה רק כ־bardassoneta.

כשסבתא החליטה להשתמש בעטו של האחיין, הלה, סבלני ונכון לשרת, העמיד את עצמו לרשותה וסיפק את רצונה במשך שנים בכך שחיבר עבורה, ברטוריקה יפהפייה ומצועצעת, פרוזה שעוררה בה התלהבות; מיני פניות, תחינות ובקשות לרשויות העירוניות השונות ואף לרשויות הלאומיות, האזרחיות או הדתיות. באחת ההזדמנויות הוטלה עליו משימה לכתוב לאפיפיור כדי לבקש שמונסניור סַנטין ימונה לארכיבישוף, בתנאי שהקידום הזה לא יביא להרחקתו ממחוז הבישופות. "אם לא, נדחה הכול," אמרה סבתא בעודה

מנופפת באצבעה תחת אפו של האחיין, שהיה עליו להעביר לנייר את הנימה האנרגטית של המילים.

כיום, הדוד אטיליו בן שמונים ושלוש ועדיין גר באותו הבית. אני רואה אותו לעתים קרובות כשהוא עולה ברחוב ברולטו, פוסע בצעד בהול, כשבמרחק קטן מאחוריו הולכת אחריו אשתו. היא פוסעת לה, ברוזית וכנועה, צולעת בעקבותיו בלי להשיגו לעולם. הדוד אטיליו המשיך להקדיש את עצמו לכתיבה האהובה עליו ועד עצם היום הזה הוא חבר באחת האגודות הספרותיות הנחשבות בטרייסטה, והוא משתתף לעתים קרובות באספות המתקיימות בבתי קפה ישנים.

8 בינואר 1984

מעולם לא חגגנו את ליל השנה החדשה כמו בחורף הזה, עם שלג כה מועט בהרים. הכפר שלנו, הממוקם כמעט בסוף עמק אַנְטֶרְסֶלְבָה, מין חור מנומנם וקטן, המוגן על ידי פסגות נישאות ותמימות ולו כתר בדמות אגם, שבעבר היה קפוא, נראה כמו בהפשרת שלגים. הרחובות היו נקיים והאפרים החשופים לשמש הציגו כתמים כהים עצומים של עשב יבש. על הגגות ובגדרות השיחים, כריות השלג הקטנות היו לא אחידות ואפרפרות. רק לקראת סוף שהותנו ירד שלג בשפע.

זה ארבע עשרה שנה אנו מבלים שם למעלה את חופשת החורף, יחד עם משפחתה של אחותי וחברינו הנאמנים מפירנצה, מוונציה ומטְרֶוויזוֹ. ילדינו בגרו יחד. כשהם שבים להיפגש, הם שוכחים את החודשים שחלפו מאז המפגש הקודם ומתקשרים בטבעיות של אחים שזה עתה נפרדו. השנה כולם היו מתבגרים נהדרים. עקבתי בפניהם אחר סימנים אפשריים לגורלם: מריאנה ואליזבתה הן מתוקות ובוגרות, קתרינה ואנג׳לה רעננות וחייכניות, אירן לא שקטה, פאולו הוא גור עצל ובעל שכל חודר ולפרנצ׳סקו יש עיניים כמו שמים, מלאות אור.

18 בינואר 1984

דודינו מוונציה שלחו כהרגלם את ברכתם לשנה החדשה. הודיתי להם בטלפון. כולם בסדר וחייהם מתנהלים בשלווה. הדודה אדה, עגלגלה ובדחנית, ממשיכה לשמור על הבית בקפידה ומכינה מעדנים טעימים להפליא. נדיה, שגם היא חיה בלידו עם משפחתה, בבית יפה מוקף בעצים, החלה לעבוד במוזיאון ארכיאולוגי בוונציה. היא אומרת שהחלה לעבוד כדי לממש את עצמה, שכן נמאס לה להיות עקרת בית, ואילו הדוד אלברטו עסוק מאוד בשמירה על נכדו, מָסימוֹ, שהוא האהבה הגדולה של ימי זקנתו. הוא אפילו הפסיק לצאת לדוג כדי להיות עם הנכד. הוא מבלה את אחר הצהריים בביתה של בתו כדי לעזור לילד להכין את שיעורי הבית שלו או כדי לשעשע אותו כשאמו אינה נמצאת. כעת הם הולכים יחד לבית הספר היסודי. דודי פתח בפניו את שערי הקריאה לפני שהוא הלך לבית הספר. אולי גם אתו הוא יתחיל בחלוקת המילה "pipa" להברות.

10 בפברואר 1984

לפנות בוקר, בחלקה האחרון של השינה, הקלה יותר, שמעתי את ההמיה החוזרת הראשונה של תור, שהתערבבה עם מה שחלמתי. זו הבשורה המוקדמת של האביב. בימים הלחים, האוויר כבר מדיף ריח של אדמה וגדות הנהר מדיפות ניחוח של אצות נבולות.

גם בסילוס הריח הזה, שהגיע באיזו דרך לאזור השירותים, בישר על סוף החורף. אז הייתי מגבירה את מספר ביקוריי בשירותים, ומדי פעם לקחתי ספר כדי ללמוד קרוב לחלון, עד שמישהו היה מופיע במקום. למי הברז היו טעם וטריות חדשים. אם הייתי לבד, הייתי נותנת למים לזרום ארוכות בין אצבעותיי, בלי לחשוב על דבר. ב"בוקס" שלנו האור חדר עמום פחות מבעד לנייר הפרפין של הגג, שעליו האבק שהצטבר באיזה קמט או שקע היה מצייר כנגד האור דמויות משונות, כמו בתיאטרון צללים.

כך, עונה אחר עונה, אחותי ואני גדלנו. אלא שאני מיאנתי להיות בוגרת, להתמודד עם בעיות חדשות כשטרם פתרתי את אלו שהותרתי מאחור. ראשית, הייתי שמחה לזכות לחיים

נורמליים, לבית כמו של האחרים, בית שבו אמי תוכל לשכוח את המאמצים ואת העייפות. הייתי מוכנה לכסות את ידיה בנשיקות, כשבעודי לומדת ראיתי אותה מרוכזת וסבלנית, עובדת בדממה סביב התנור החשמלי הקטן שניצב בפינת ה״בוקס״ החשוך שלנו, על שולחן קטן ומתנודד שכוסה במפת גומי, בעוד המים כמו אינם מתכוונים לרתוח לעולם.

כמהתי לצל, למסתור. מיעטתי לצאת החוצה, וכשהייתי בחברת ילדים בני גילי, סבלתי. בבוקר, הכניסה לכיתה הייתה עבורי קושי, כשנאלצתי לעבור בתוך קבוצה של חברים ללימודים שנהגו להתאסף מתחת לשער של ״דנטה״ לפני הצלצול. ניסיתי להסתנן בסתר, כשאני כמעט מתחככת בקיר, להגיע כך עד לכניסה, לאחר ששאפתי מלוא ריאותיי אוויר בפינה.

לא היה לי קל לגשר בין מציאות חיי בסילוס לבין החיים בחוץ, החיים שהלימודים הוליכו אליהם. מוריי וחברותיי לכיתה, שלמרות הכול התעריתי בקרבן לקראת סוף הלימודים בתיכון, לא ידעו עלי דבר, לא ידעו על המאמץ שלי ללמוד בתוך הקור ואי הסדר ולא תיארו לעצמם כמה אני חשה שלא בנוח על כך שאני לובשת תמיד את אותה החצאית, שלמזלי הוסתרה מתחת לסינר השחור, תלבושת החובה שלנו. חשתי בושה בשל מצבי. לא דיברתי מעולם על הסילוס וציפיתי

בלהט להצליח לשמור זמן רב ככל האפשר על הסוד ביחס למקום מגוריי. וכך, מעולם לא הזמנתי חברות לביתי, אפילו לא את אלה שהיו לעתים מקבלות אותי בביתן, ואם שאלו אותי היכן אני גרה, הייתי מסמיקה ועושה תנועה מעורפלת בידי, מורה בקירוב על אזור שכלל את המרחב שבין התחנה, בַּרקוֹלָה ומִירָמָרֶה.

15 בפברואר 1984

הכשרת בית התפילה בסילוס העסיקה את סבתא חודשים אחדים. הדוד אטיליו גויס כדי לכתוב בקשות לרשויות השונות, שנוסחו בנימה של דאגה או של אזהרה, ובעיקר כדי לנהל את המשא ומתן עם המנגנון הכנסייתי. לבסוף הושג האישור. לצורך הצבת המזבח נבחר חדר בקומה הראשונה, קרוב למדרגות, אפלולי אבל רחב דיו כדי להכיל מספר מכובד של מאמינים. סבתא, שבמהלך חייה הייתה ההפך הגמור מאדם אדוק, החלה לשמש עוזרת לכומר. היא הפכה לשומרת האביזרים ולאחראית לקישוט בית התפילה. היא החליפה את הפרחים, הדליקה את הנרות והכינה את המזבח לפני הטקסים. עד מהרה היא למדה גם למלמל בלטינית את התשובות לקריאות של מבצע הטקס במהלך המיסה. בסתר לבה היא בוודאי סברה שהיא האחראי האמיתי על הטקס הדתי. בואה של "הבתולה הנודדת"[11] לסילוס היה בעיניה ניצחון אישי.

---

11 תהלוכה דתית שעברה ברחבי איטליה וכללה את דמות הבתולה. התהלוכה לוותה בחגיגות גדולות.

הפעילות כאשת כְּמורה וההתעלות הפטריוטית עם התקרב סוף השלטון של בנות הברית, העסיקו אותה לא מעט והרחיקו אותה מאיסוף הכספים ומהמלחמה המשפחתית בביתנו או בביתה של בתה השנייה, שבעלה מת באורח טרגי זמן קצר קודם לכן. הדוד רודי, ממוצא סלבי – שם המשפחה שלו הוסב לצורה האיטלקית, היה תמיד גבר שתקן שלא בלט בסביבה. רק מבטו הצלול משך תשומת לב, מבט שקוף כמו של ילד. בפיומה הוא היה נגר, ובגלות הוא לא מצא עבודה. העוני קִלקל את היחסים בבית, ומובן שסבתא לא התכוונה לסייע לתקנם, אלא להפך – הוסיפה שמן למדורה בדמות האשמות שהטיחה ברודי על היותו חסר תועלת, וכן בכך שגילתה יחס של בוז כלפי החתן החלש, שפרט לכך היה גם "ciavo's"[12]. הדוד החל לשתות. עיניו האדימו ולעתים קרובות דמעו, אם כי מעולם לא הציגו חוצפה או רשעות. הבקבוק העניק לו בריחה שקטה, עמעום חושים לא מזיק. הוא היה נעשה תוקפן רק לאחר התגרויות רבות. כשהוא השליך את עצמו מחלון בקומה השלישית, הכול הופתעו. אותנו, הבנות, הרחיקו ממה שקרה. מסרו לנו את הידיעה ללא הערות נוספות, בתוספת דמעותיה של אימא, שתיקתו הסוערת של אבא וההתקפים התיאטרליים של סבתא.

12 כינוי גנאי לאדם ממוצא סלבי.

באותו יום, איש בבית לא דיבר. נותרתי זמן רב ליד החלון בשירותים, מביטה בחצר הפנימית שהייתה מלאה בילדים עליזים ורועשים, שמהומת קולותיהם הרמים כמו הגיעה אלי מרחוק מאוד.

19 באפריל 1984

סבתא עקבה בתשוקה אחר כל התפניות המורכבות שעברו על העיר באותן שנים. "רועדים לי החיים," היא שבה ואמרה, מעסה את לבה, כשהייתה שומעת ברדיו את הצהרותיו של נשיא המועצה פֶּלָה, את הדרשות של הבישוף סנטין, את הידיעות בדבר האזרחים המפגינים בהמוניהם ועל פעולות הדיכוי העקובות מדם של הגנרל ווינטֶרטון. היא נטלה חלק בכל ההפגנות למען האיטלקיות של טרייסטה, כשהיא מצוידת בשלטים גדולים בשלושת צבעי הדגל, דואגת על פי רוב שאמי תתלווה אליה. אמי הצילה מאיזו תיבה דגל ישן שהובא בחשאי מפיומה יחד עם החפצים היקרים ביותר ללבנו.

גם אני השתתפתי בשביתות סטודנטים, ובתוך ההתלהבות הפטריוטית הזאת הרגשתי לראשונה שאני חברה לא שולית בקהילה כלשהי.

ב־5 באוקטובר 1954 נחתם בלונדון "מזכר ההבנה" שמסר באורח זמני את אזור A בשטח החופשי של טרייסטה לאיטליה ואת אזור B ליוגוסלביה.

כניסתם של הכוחות האיטלקיים לטרייסטה הייתה בבחינת

הלהבה האדומה האחרונה באש ההתלהבות בחייה של סבתא, וסיבה לשמחה גדולה להוריי. גם אני התרגשתי, אבל אולי יותר בהשפעת ההתלהבות סביבי ובלי להבין עד תום את חשיבותו ההיסטורית של המאורע, חשיבות שנראתה בעיניי מובנת מאליה. לא הייתי מסוגלת לדמיין פתרון אחר, שאם לא כן האודיסאה של משפחתי ושל אחרים רבים כל כך הייתה חסרת כל משמעות.

אולם בסילוס מצב הדברים לא השתנה. החיים במקום המשיכו בדרכם במשך שנים לא מעטות, בקצב ההתפוררות. הפליטים המשיכו לזכות במבטים של חשד, להיחשב לעתים קרובות לגורם מפריע ולמתחרים זרים על המשרות המעטות שהעיר הציעה. הקור המשיך להיות שוט מצליף, תמונות הקדושים שהיו מודבקות על קירות בתיהם של האנשים דהו בהדרגה, תקרות נייר הפרפין של ה"בוקס" החלו לגלות הטלאות שנעשו בהן בפיסות של קרטון. גג הבניין, שנחשף באחד החורפים על ידי רוח הבורה, תוקן וחדל לדלוף. בקהילה צוינו חתונות, לידות ולוויות, שכן החיים והמוות היו חזקים מהקשיים, אבל לא חסרו במקום גם פרידות שלום קורעות לב של משפחות שיצאו לאוסטרליה כדי להגר אליה, בגלות שנייה וקיצונית מהראשונה.

26 באפריל 1984

שנות בית הספר התיכון היו אולי הסוערות ביותר מבחינת משפחתי, אם כי הקשיים לא הגיעו לקצם. לאחר קשרי העבודה הרופפים עם האמריקנים, אבא מצא עבודה, בשכר גרוע אבל בטוח יותר, כמנהל חשבונות בחברת סוללות אוסטרית שפתחה סניף בטרייסטה, ברחוב סן פרנצ׳סקו, ונזקקה לעובדים יודעי גרמנית. בדייקנות ובקפדנות שלו, אבי מיהר לרכוש את אמונו של המנהל, ד״ר יוּנְגֶפֶר. שנים אחדות לאחר מכן, כשאבא החליט לפתוח בית מלאכה לתיקונים אלקטרו־מכניים על גדת הגרומולה, ד״ר יונגפר סייע לו בכל דרך אפשרית ונתן לו תנאים נוחים במיוחד למכירת סוללות ״בארֶן״.

העבודה החדשה הזאת גרמה לאבא לאופוריה וחיזקה את האופטימיות הטבעית שלו. ״ילדיי, היום אני כאן ומחר לא אהיה עוד. נצלו את אבא כל עוד הוא כאן,״ כך היה אומר לעתים קרובות כשהוא היה מרוצה במיוחד, מעט כדי להתפנק ומעט ככישוף.

מעבר לכך, החודשים בסילוס חלפו זהים זה לזה. רק עונות הקיץ החלו להיראות לי ארוכות יותר, מוארות יותר.

לעתים, בשעת לילה, לקראת אחת עשרה, כשבאולמות מלאה כבר שעה לשקט שירד בעמל רב, שקט שלפי התקנון היה אמור להימשך עד שבע בבוקר, הייתי פונה אל החלון בחדר השירותים, בפעם האחרונה לפני עלותי על יצועי. הייתי הולכת על קצות האצבעות, באור החלוש שבחדר, מנסה להחריש ככל האפשר את חריקות רצפת העץ. הייתי קרבה לחלון ומביטה בלילה החמים והשלֵו. אפילו היה אז איזה צרצר, שגם הוא גלה מאפרים רחוקים ומצא מקלט וחשק לשיר בבטון של החצר או בקירות הצחיחים של הסילוס. בפנים, המים שטפטפו מהברזים המסודרים בשורה בכיורי האבץ הדהדו בעוצמה בחשכה, במקצב משתנה, לעתים אחיד, לעתים מהוסס ובסינקופה, בעודי מנסה לשווא לחזות אותו.

לוצ׳ינה ואני נהגנו ללכת לים כמעט מדי יום. כדי לחסוך, היינו קמות מוקדם כדי להגיע לברקולה לפני שמונה בבוקר (לשם כך היה עלינו לקחת שתי חשמליות). כך יכולנו לקנות את הכרטיסים הירוקים, שאפשרו שתי נסיעות במחיר נסיעה אחת. היינו חוזרות לקראת שתיים, שרופות משמש וממלח.

יום אחד, בשעה שעשיתי את דרכי בחזרה מהחוף מוקדם מהרגיל בשל סופת קיץ קצרה ועזה, ופסעתי על המדרכה אל תחנת החשמלית מספר 6, מדלגת משלולית לשלולית כדי שסנדליי לא יירטבו, עצרתי לפתע וראיתי מעליי שמים

תפוחים, חצויים על ידי שני גושי עננים גדולים שהרוח פרמה לחוטים כחולים ארוכים, שדמו לערוצים של שולחן השיש אצל סבתי מצד אבי, ונשאה אותם אל אופק שקוף כבדולח. הרחק משם, בסוף המפרץ, הצטיירו להם קווי המתאר הברורים והקרובים של הבתים ומגדל הכנסייה של פּיראנוֹ. מעט הרחק משם, מעבר לאיסטריה, כך חשבתי, נמצאת עירי, שגושי העננים הגדולים יגיעו מעליה בעוד רגע. אך לא חשתי כמיהה. פה היו אותם הגלים, אותם השמים, אותה הרוח. פתאום מצאתי את ביתי. שבתי לרוץ, לקפוץ, ולבי מלא שמחה.

28 באפריל 1984

מזה שנים אחדות, טרייסטה מתחדשת. בניינים רבים במרכז העיר מקורצפים, בעיקר תודות לחברת הביטוח אָסיקוּרציוֹני ג'נרלי, והחזיתות, משופצות וחופשיות מסימניו השחורים של הזמן, מתהדרות במקורותיהן האציליים, בכותרות ה"ליברטי" שלהן, הצורות הניאו־קלסיות של החלונות. לא שמתי לב שאני חיה בעיר שגם היא מרתקת מבחינה אדריכלית, וכעת, לעתים קרובות, כשאני הולכת ברחובותיה, איני מביטה רק באנשים או בחלונות הראווה של החנויות, אלא מקפידה גם להרים את מבטי. כך אני מגלה ממד חדש של העיר, ממד הגזוזטראות, העמודים השעוּנים, ציורי השער וגגות הרעפים, שמעליהם נפתחים כמו במראה רחובות רחבי ידיים של שמים.

היום, לאורך הגדה, הפסיפסים של הנציבות נצנצו בפעימות זהובות, וגבעות הקַרסוֹ, גבוהות מעל לעיר, בהקו ירוקות מנביטות חדשות. גם הרוח, טרייה והומייה, הביאה אִתה ניחוח ובשורות של פריחות חדשות, אולי רחוקות, אולי בקרקעית הים.

10 במאי 1984

לקראת סוף השנה השנייה בתיכון נִתנה לי הזדמנות להשתתף באירועים בבתיהן של חברותיי ללימודים. בפעם הראשונה הזמינה אותי שותפתי לשולחן בכיתה, מרינה, אִתה נהגתי ללמוד לעתים קרובות. היא הייתה בתו של שופט והתגוררה בבית שדמה בעיניי לארמון. בחלל המבואה היה מקום אפילו לשולחן פינג פונג. מרינה הייתה נערה פשוטה ונדיבה, שלא גרמה לי להרגיש לא בנוח בשל ההבדל שהיה בינינו מבחינה כלכלית.

באותה הזדמנות הרגשתי שמחה לא ברורה, סערת נפש גדולה ורצון לדחות את ההזמנה. לביישנותי נוספה תחושת הבושה על כך שאין לי משהו מתאים ללבוש. ידעתי שלכל הנערות יש שמלות אלגנטיות ומרשימות למסיבות. הן נהגו לשוחח על כך בכיתה, לתאר את העיטורים, את הבד, את הגזרה.

אמי קראה את מחשבותיי. כפי שעשתה במקרים אחרים, היא לקחה לחנות המשכונות מונטה נבוזו את צמיד המתכת שלה, בגוונים של לבן וצהוב, לאחר שמירקה אותו בתשומת

לב בבד כדי שיבהק היטב, ויחד אתו את מעיל הפרווה שלה, קרוב לוודאי מפרוות שפן, שהיה מהוה מאוד. כך התאפשר לה לקנות לי חצאית בצורת פעמון ומערכת בגדים שכללה מקטורן וסוודר בעל צווארון עגול, מאריג סינתטי בצבע ירוק־נילוס. שמרתי על המערכת במשך שנים, בקנאות, על אף שהאריג הסינתטי התארך והתרחב עם הכביסות, עד שהתעוות כליל.

הצבע ההוא נקרא גם צבע ירוק־מים, שמבחינתי, גם היום, הוא צבעה של האהבה.

1 ביוני 1984

זה שבועות אחדים חי בביתנו גם בּוּפֶּטוֹ. זהו חזיר ים שחבר ללימודים נתן במתנה לילדים, כשהוא היה בן ימים אחדים בלבד. אם לדייק, הרי ששמו בופטו השני. קלאודיו כינה אותו כך לזכר חזיר הים שהיה לו כשהיה ילד בביתו ברחוב דל רוֹנקוֹ.

בופטו מסתובב בבית בחופשיות, מרחרח את הרצפה ומעיר כל העת בנחרות שונות על היבשת העצומה והלא מוכרת שהוא מתוודע אליה במהירות. הוא תמיד עסוק בבדיקה זהירה של החפצים החדשים שנכנסים לעולמו: שקיות שנותרות על הרצפה, נעליים או ספרים מהמדפים הנמוכים. הוא חושש רק מהמטאטא ומשואב האבק, ואם הוא רואה אותם בפעולה הוא נכנס בזהירות מתחת לאחד הארונות. כשאנו מביאים לו חופנים של עשב מהגינה, פרחי שן הארי ופטריות, שהוא אוהב מאוד, הוא שמח ונעשה מעט חצוף. אפו גדול ומגוחך, הליכתו גמלונית, שפמו ארוך ולו פרווה נהדרת בגוונים של חום־צהוב ושחור, שהוא מסרק בקפדנות. הוא מחשיב מאוד ניקיון והליכות נאות, וגם חש אהבה בורגנית לסדר ולמכובדות. הוא

גם התקרב לכל המשפחה, אבל רואה בקלאודיו חבר אמיתי, אולי כיוון שקלאודיו מתייחס אליו בכבוד הרב ביותר ותומך במנהגיו בדיסקרטיות, כפי שראוי לנהוג כלפי ידיד מכובד באותה המידה.

אדיש לבוקר, ולא מודע לשרשרת האירועים שגם קיומו הקטן דרש מההיסטוריה של העולם, בופטו מסתובב לו ברחבי הבית אדיב, סקרן ושבע רצון, כמו כדי להבטיח לנו שבסופו של דבר, הכול במקומו.

28 ביוני 1984

מרינה הייתה בעלת כישרון ארגון, לא רק של חגיגות, אלא גם של טיולים רבי משתתפים. תודות לה הכרתי את הקַרסוֹ ובעיקר את עמק רוֹזַנְדְרָה. הנהר, המפל, משטחי החצץ הלבנים של שיפועיו, שעליהם הייתי מחליקה עם אחותי, אוחזות זו בידיה של זו, נדמו בעיניי לעולם קסום ומלא אור, היפוך עטור ניצחון ללימבו המחניק שבו חייתי.

אולם בסופו של דבר, בשנה האחרונה בתיכון, קרה הנס. הסילוס החל להתרוקן. לפליטים רבים הוקצו מגורי פועלים, ואילו מי שמזלם לא שפר עליהם עד כדי כך נשלחו למקום אחר. סבתא עברה את השלב הזה במורת רוח עמוקה. היא ראתה כיצד ממלכתה מתמוטטת באטיות. או אז קיבלה החלטה משמעותית ביותר. היא גילתה בסתר לאמי שהיא הביאה מפיומה סכום כסף מסוים. היא הייתה מוכנה לקנות דירה עבורה ועבורנו, בתנאי שאיש לא יֵדע על כך. היא לא רצתה שייגרע מהדימוי שלה כגבירה אצילה וענייה. כולנו היינו צריכים לחשוב שאבא קיבל הלוואה מאיזו גברת בשם דְרָגוֹנְיָה, זקנה שנודעה בפיומה כאמידה למדי. לאחר שבועות

אחדים של חיפושים ולאחר שהושגו הסכמות מדויקות עם גברת דרגוניה, נוצרה ההזדמנות לקנות דירה מרוהטת ברחוב פיקרדי מידיו של זוג צעיר שעמד להגר לאוסטרליה. הרהיטים היו כמעט חדשים, ואבא רכש אותם בסכום צנוע שעלה בידו לחסוך כשעבד בחברת הסוללות האוסטרית.

כך יכולנו לעבור מיד וללא הוצאות מיוחדות לבית שהיה כבר מוכן ומסביר פנים. אף כי הדירה לא הייתה גדולה ביותר, שלושת החדרים הספיקו כדי שכולנו, אחותי ואני, סבתי והוריי, נוכל לישון בנפרד.

לפניה של אימא שב החיוך, שהאיר את הבעתה המתוקה והמעט שחוקה, ואבא שב בראש ובראשונה, בסיפוק, למנהגו הפרעוני לבלות את כל שעות יום ראשון בבוקר בקריאה באמבטיה, שקוע עד צווארו במים רותחים. סבתא התאקלמה לחיים החדשים בתוך זמן קצר, ויצרה לעצמה מנהגים אחרים ומרחבי שליטה שונים.

לוצ׳ינה ואני ערכנו בינינו הגרלה מי תישן ליד חלון חדרנו. החלונות אכן נראו בעינינו המותרות הגדולים ביותר בבית החדש. הותרתי אותם פתוחים ככל שיכולתי, גם בחורף, והייתי ניגשת לעתים קרובות להביט בתנועה ובעוברים והשבים, וגם נהגתי לצאת למרפסת הקטנה של המטבח, אפילו כשהיה עלי ללמוד.

30 ביוני 1984

בשנים שעברו עלינו ברחוב פיקרדי אירעו אירועים בעלי חשיבות למשפחתנו. אבי פתח את בית המלאכה לתיקונים אלקטרו־מכניים, אנחנו סיימנו את לימודינו והתחלנו לעבוד, ולאחר מכן גם נישאנו.

אולם מעל הכול הבית החדש השיב לאמי את שלוות נפשה, והיא נהנתה סוף סוף מאושר צנוע. אבא הצליח לקנות לה מקרר ומכונת כביסה, ולאחר מכן גם פסנתר משומש, שזייף לא מעט, כפיצוי חלקי על הפסנתר מתוצרת טובה שהם מכרו לפני שעזבנו את פיומה. וכך שבו שניהם לנגן מעט, הוא את "נסיכת הצ'רדש" והיא, בביישנות, את "Il piccolo montanaro". בנוסף לכך אבא החל ללמוד לנגן על כלי חדש. יום אחד הוא הגיע הביתה עם אקורדיון יפה בצבע אדום בוהק, עם עיטורים מאם הפנינה, והחל לקבל שיעורים רועשים בהתלהבות של מתחיל.

ואף על פי כן, על אימא היה עדיין לשאת משא. סבתא, שניטל ממנה שטח השלטון הרחב ביותר שלה, הפנתה את יצר השליטה שלה פנימה, אל משפחתנו. ראשית היא ניסתה

להפעיל אותו על לוצ׳ינה ועלי, אך לשווא, ולבסוף הסתפקה בהפעלתו על החוליה החלשה ביותר, על אמי. בתחילה היא הסתפקה בבקשת שירותים רגילה שרגש החמלה והמסירות של בתה הבטיחו לה זה זמן רב, מרישום סבלני של כל חדשות מזג האוויר של האזור ועד לחבישת הכיב המדמם שלה. לאחר מכן, תוך שהיא מאשימה בכך את בריאותה הלא יציבה, היא החלה לדרוש כפיפות רבה יותר וטיפול תדיר יותר. לבסוף היא פלשה אט אט אפילו לחירויות האישיות הקטנות של אמי, ודרשה ממנה דין וחשבון על כל תנועה ועל כל קנייה שגרתית. למשל, היא ביקשה לדעת מראש לכמה זמן אמי תיעדר מהבית לצורך קניות או סידורים אחרים. היא לא סבלה שום איחור ביחס להערכה המוקדמת. ואם האפשרות הנתעבת הזאת התממשה, מיד היה אוחז בה התקף שדרש תשומת לב, אוויר צח וחליטות צמחים, ושעל פי רוב גרם לייסורי מצפון למי שנטש לזמן רב כל כך זקנה חולה ואומללה הזקוקה לתמיכה. כך היה בעיקר אם אימא, שלא ידעה לשקר, סיפרה לה שהיא הלכה לבקר את הדודה תרזה, שהתגוררה בבית מט לנפול ברחוב מוֹלינוֹ אֲוֹוֹפּוֹרֶה, ומצבה הדרדר מהבדידות, מעוני ומסוכרת. רק בנוכחותו של אבא הייתה סבתא פורשת בזהירות לחדרה ולא מעזה להתלונן או ״לעשות קומדיה״, כפי שהוא נהג לומר.

"זיכרונות, זיכרונות יפים," היא הייתה מפטירה מדי פעם, בעודה חושבת על האימפריה האבודה שלה, העולם החיצון הגדול, והייתה מעסה את לבה ובעיניה ניצוץ של אנרגיה פראית.

1 ביולי 1984

דברים רבים השתנו בבית ההוא. מאותם ימים נותרו רק הפסנתר, שעדיין מזייף, והרהיטים במטבח. כשסבתא אנקה התמקמה בדירה היא הביאה את חפציה ואת אהבתה לעיצוב עמוּס, במין סגנון דמוי המאה ה־19. הצלחתי רק לשכנעה להסיר מחלל המבואה הזעיר את קרני האייל שהיא ירשה מאיזה בעל צייד.

על הפסנתר יש תצלום של אימא, וסבתא אנקה הציבה מולו זר קטן של פרחים מלאכותיים. היא לא הכירה אותה מעולם, אבל היא שומרת על זכרה בחרדת קודש, שכן היא אינה דוחה שום דבר מן העבר. לקראת החודשים הבאים, פרט לעליות לרגל לאתרים קדושים במקומות שונים באירופה, היא תכננה ביקור בסְפְּליט, אצל קרוביו של בֵּליץ' המנוח, ולאחר מכן אצל ילדיו מהנישואין הראשונים של גרֵגוֹרוּטי המנוח. לפני שבועות אחדים היא נסעה ברחבי בָּנָאטוֹ יחד עם קלאודיו כדי להראות לו את העיר ואת מחוזות ילדותה ונעוריה. קלאודיו הוקסם מידיעותיה המפורטות על אודות ההיסטוריה של המקומות הללו, היסטוריה כל כך מורכבת

ומרובדת. סבתא אנקה אוהבת דברים ועובדות שנותרים. לכן היא אינה חוששת מחלוף הזמן, שסוחף אתו רק את האנשים.

5 באוגוסט 1984

הקיץ הוא עונה טובה, ידידותית, המזמינה לעשות הפסקה, להפקיר את עצמך.

גם השנה היינו בקֶרזוֹ, שבזיכרון הוא יותר רגש מלא אור מאשר מקום קונקרטי. יש באִי רגע האהוב עלי במיוחד, עם רדת הערב, כשהשמש טובעת באופק. הים נעשה זהב, הציקדות שותקות פתאום והשחפים מפסיקים לעוף. האבנים על החוף, באוויר שנעשה לפתע קריר, מתחילות להחזיר באטיות את בערת היום, ובדממה ללא ניע רק הגאות מתנשפת בכניעות ודומה שהיא נשימת השמים, שהיא מאבדת את צבעה וזוכה לחיוורון חלול. או אז המחשבות נעשות צעירות ושקופות והן מתנודדות קלות על המים ובאוויר.

המעבורת המקשרת בין קרזו ובין היבשה, מפּוֹרוֹזִינֶה לבְּרֶסטוֹבָה, חוצה קטע מהקוֹאַרנָרוֹ, שבסופו אפשר לראות מרחוק את פיומה. אם אני עוצמת את עיניי אני יכולה לדמיין את ביתי הישן, ליד נמל בָּרוֹס, ואת ביתה של סבתא קוארנטוטו, ליד כיכר דנטה. לעומת זאת, אינני יודעת באיזה חלק של העיר למקם את ביתה של סבתא מדיירי, עם חלל המבואה

הבהיר שלו ועם החדר המסתורי. כבר לא הייתי יכולה לאתר אותו. הבית אינו יותר מנקודה מרחפת ומנותקת בזיכרון, יקום קטן שמכיל ואינו מוכל. כך נותרת יבשת אטלנטיס אבודה בקרקעית הים, מכוסה אצות וקונכיות, בוהקת כמו פרי מזכוכית צבעונית.

10 באוגוסט 1984

בתצלומים רבים שפאולו צילם במהלך החופש מופיע גוּסֵר, משִׁיט הסירה שלנו, מלך איי אָסירטידֶס, שלוקח אותנו מן האיים הסדורים כמחרוזת סביב קרזו ולוסינו, ומעניק לנו מינֵי כישוף מהמרחב הכחול הגדול הזה.

גוסר הוא בנו של הים. ידיו, מיומנות כידיו של לוליין, גדולות ומיובלות, עיניו כחריצים, מתרוצצות ובהירות. שמו האמיתי הוא טיהוֹמיר, אבל הכול מכנים אותו גוסר, שודד הים. בחורף, בימים הקרים ביותר, הוא מתגורר בפיומה יחד עם בתו ונכדיו, אבל בשאר ימות השנה הוא מתגורר בסירה החזקה והישנה שלו, מיקרוקוסמוס מדהים שנערמים בו, במה שנראה כאי־סדר, החפצים המופרכים ביותר, שמאפשרים לו למלא את כל צורכי היום־יום שלו ולנהל דו שיח עם הים. גוסר, שחזותו והליכותיו מזכירות במעורפל את אלו של יצור קופי, ניחן בנפש אצילית ויודע לגרום לכך שהכול יאהבו אותו, בעיקר הילדים, אתם הוא משחק ברצון, מאתגר אותם במבחני כוח ומיומנות. הוא אמנם מרוויח בדיוק מה שצריך בעבודה קשה, מעט מזה בהשטת תיירים בטיולים ומעט בדַיִג קלמרי, אך הוא

תמיד מוכן להתלוצץ ולזמר בחברה כל מיני שירים סלביים בפיו נטול השיניים ובקולו הצרוד. כשהשמש בוערת נחושה בשמים, הוא קושר על ראשו גופיה מלוכלכת, כמו טורבן, וזוכה בכך לחזות אקזוטית של מלכות.

ואולם השנה גוסר היה במצב רוח שונה. הוא סבל מכאב עיקש בגרונו, נרדם לעתים קרובות על ההגה ודעתו הייתה מוסחת. לפני שהגענו, הסירה התנגשה בשרטון וגופה ניזוק קשה. על פני תמונה חזיתית יפהפייה, הוא מופיע זקוף על החרטום, גוץ ומוצק, זרועותיו שלובות, ראשו מוטה ועיניו עצומות. שודד הים עייף.

23 באוקטובר 1984

בלילה, במיטה, לפני שאני מכבה את האור ונרדמת, אני תמיד קוראת מעט, שעונה על הכר. אם אני מרימה את מבטי, אני רואה לפניי את הספרייה האחרונה שבנינו כדי להכיל את המספר הגדל של ספרים המגיעים לביתנו. הספרייה מכסה את כל הקיר והיא ממסגרת את השידה, שעליה תלויים שני דיוקנאות יפהפיים של קלאודיו, שנעשו על ידי צלם של הירחון "ווֹג" לכבוד ראיון שנערך עמו.

על הספרים, באורח כאוטי למדי, שעונות רפרודוקציות שונות של שני ציורים של בוטיצ'לי. אני אוהבת למצוא במבטי את מחרוזות הפרחים המעטרות את לבושה הרך והקל של אלת האביב או להביט בגומה שעל סנטרה של ונוס, אשר באור קר של בוקר, עולה לבנה על הקונכייה, בין גלים הומים ומשבים של רוח.

גם בבית ברחוב פיקרדי ישנתי מול הספרייה, ארון שאימא קנתה ביד שנייה בגטו העתיק, מעט לאחר שעברנו דירה, כדי שתוכל להניח בה את ספריו של אבא, שהיו שמורים במחסן שנים רבות כל כך. הוא השתוקק שהם יהיו שוב בבית

וחשש שהלחות או החולדות קלקלו אותם. עם זאת, הכרכים היפהפיים של הקלסיקונים, בהוצאת Utet, האנציקלופדיה הרפואית, יצירות אחדות של הוגים פוזיטיביסטים ושל סופרים מהתקופה הפשיסטית, ובעיקר האוסף השלם כמעט של הרומנים של סַלְגָרִי שבו להיות מוצגים מאחורי זגוגיות הארון החדש, שנצבע בלבן ושעליו הונח ראש מכונף גדול של מרקוריוס, עם כן כבד מאוד של שיש, שאני חשבתי שהוא מכוער ביותר, אבל שאבי אהב מאוד.

לוצ׳ינה ואני חשדנו שהספרייה הזו התרחבה במשך הזמן, חלקה בספרים שנקנו באורח סדיר וחלקה בספרים שנשאלו ושלא הושבו לבעליהם מעולם. ואכן, לעתים קרובות, היינו נתקלות בעמודים שהציגו לראווה חותמת של ספרייה ציבורית בפיומה או של איזה אדם פרטי. בעיקר מופיע לעתים קרובות שמו של אדון אחד ג׳ פאדרוֹ, משדרות מוסוליני מספר 6, שהיה בוודאי אדם נדיב מאוד, או אולי פזור דעת ביותר. גם אבא השיג לעצמו חותם: ספריית לואיג׳י מדיירייץ׳, פיומה. בו הוא סימן את הכרכים שבבעלותו וכך צירף את הספרים שלא היו שלו, לאחר שהוסיף להם בסתר את שמו.

26 באוקטובר 1984

אינני נתקלת רבות בגברת סָמֶץ׳, על אף שהיא מתגוררת בשכונה שלי, בסן ויטו. על פי רוב אני רואה אותה עורכת קניות בבוקר, באחת החנויות ברחוב טיגוֹר. היא נראית אדם אחר מאז שאיבדה את בנה בתאונת דרכים לא ברורה. פניה הסלובניות, עם האף השטוח, פנים מעניינות על אף שהגיל נתן בהן את אותותיו, הפכו למסכה של קמטים צפופים, קולה כבוי וצעדה מהוסס. לפני שנים אחדות, גברת סמץ׳, שנולדה באילירסקָה בִּיסטריצָה, הייתה בעלת חנות המשכונות, ״מונטה נבוזו״. כעת היא הולכת רק מדי פעם, אחר הצהריים, לסבישצ׳קי, שם יש לה בית קטן, ליד בית המחסה, שמאז שהילדים היו קטנים מאוד נהגנו לבלות בו עשרה ימים של חופשה בחודש אוגוסט.

היא ובעלה, צייד ותיק, סוחר בעץ, הם שעזרו לנו להכיר את המקומות ההם, הדריכו אותנו בקרחות היער ובמשעולים, מראים לנו נקיקים ומקומות מסתור ומלמדים אותנו לזהות עקבות של בעלי חיים. אדון סמץ׳ היה גם המשורר הנודד הבלתי נלאה של ההר. במשך שנים הוא סיפר לנו, וחזר וסיפר שוב על אותם הדברים, כפי שקורה לזקנים, הרפתקאות ציד,

סיפורים על אודות אנשי בולשת מהתקופה הפשיסטית, פרקי מלחמה והתנגדות.

מאוחר יותר הכרנו את פרופסור קָרוֹלין, שבמשך תקופה ארוכה היה נשיא מועדון טיפוס ההרים הסלובני של ביסטריצה, שגם הוא היה בנעוריו צייד נלהב ונמרץ, שהקדיש את כל חייו לנבוזו. כעת, כשהוא בן שמונים, הוא מתקשה בהליכה ואינו יכול עוד ללכת במשעולים התלולים של היער, שבהם נהג להסתובב בביטחון של בעל חיים פראי, אבל הללו ממשיכים להיות מרכז ההתעניינות שלו. הוא הפך כמעט לאל המגונן שלהם: הוא מציב שלטים בכל ההתפצלויות, שב לצבוע שלטים ישנים שמזג האוויר מחק, מצייר מפות מדויקות ומפות טופוגרפיות בעזרת הזיכרון, אוסף שורשים בעלי צורות מדהימות, מצייר תמונות וכותב שירים נאצלים וסטריאוטיפיים המוקדשים, כמובן, להר שלו. "ברך בשמי את הגברת הנכבדה מאוד, אמך," הוא אומר לקלאודיו בגרמנית, כשהוא מתבטא במילים המתורבתות והטקסיות המתאימות לפקיד אוסטרו־הונגרי.

ואולם, כמו אהבות רבות, גם אהבתו לנבוזו מגיעה לעתים לפדנטיות ולרגישות יתר, הגורמות לו לדרוך בזעם על כובעו אם הוא טעה במשעול, או להשתיק את בת זוגו האחרונה, גברת אידה נעימת ההליכות, בעלת העיניים הכחולות

והמחויכות, שדווקא אינה מקבלת זאת רע. ניכר שהנשים אוהבות את דקדקנותו רעת המזג של פרופסור קרולין, שחיי הרגש והנישואין שלו היו סוערים למדי.

גם מהם למדנו לאהוב את אותם יערות ולקרוא את המסרים הסמויים שלהם. פה פיסות של אדמה נהפכו ברגליו של חזיר בר, גם חלף לא מזמן איזה אייל, ליד שלולית, צבי ודב הותירו את עקבותיהם. למדנו את שמותיהם המרתקים והקשים של הערוצים והאפרים, גרצָ'בֶץ, פָּדֶז'ניצָה, צֶ'רְני־דוֹל, פוֹמוֹצְ'ניאקי. רבות ממחשבותינו נצבעו בצבעים ובמתאר של אותו נוף, וחוטים רבים של אהבה ופנטזיה נקשרו בשעות הבוקר המוקדמות הרטובות מטל, כשהמתנו מסתתרים, דוממים, להופעתו של אל היער, הצבי, האייל, אולי הדוב.

ממעל, בין האורנים השחורים, בטְרי קָליצ'י, האמפיתיאטרון של הנצח, ראינו פעמיים את הזאבים. שם למעלה, חילופי העונות הם הרמוניה של הבריאה, וחלוף הזמן מדיף ריח של שרף העצים ואת ניחוחו הטוב של התה שעולה מן המרבד הרטוב של העלים המתים שעל הקרקע.

14 בנובמבר 1984

כפי שמסביר ברייטנברג ב"כלים חושבים"[13], מחשבותינו, משחק האסוציאציות, שרשור הרעיונות – אינם ניתנים לחיזוי. גם הרובוטים הנחמדים שלו, ביער של מנגנונים מורכבים ומחוכמים של חוטים, חיישנים, רמות הולכה וערכי סף, שומרים לעצמם על מרחב להתנהגות יצירתית, שוליים צרים של חירות.

לפני ימים אחדים עשיתי את דרכי להצטרף לקלאודיו בווינה. בתחנת וילאקו, הרכבת חונה לפרק זמן ארוך למדי. הבטתי מהחלון בשמים הצלולים ובלֵך ושוב המתמיד של הנוסעים. על אחד הרציפים, מול הקרון שלי, ניצב קרון שחור בודד. תחת בלמים, רבי עוצמה ומגורזים היטב, נראתה מדרגה חיננית. מעל, סביב סולם קטן וחלוד שירד מהגג, צוירו ברקים

---

13 ולנטינו ברייטנברג (Braitenberg), מדען מוח וקיברנטיקה איטלקי (יליד 1926). ספרו הידוע הוא Vehicles: Experiments in Synthetic Psychology, שבו הוא מראה כיצד כלי רכב אלקטרו־מכניים יכולים להציג התנהגות שנראית רגשית.

צהובים בזיגזג, כמו אלו שמקובל שיופיטר משליך או כמו הברקים המורים על סכנת מתח גבוה. חשבתי שבזמן אחר כל זה לא התקיים, ושבאחד הימים גם עתיד להיעלם. אלוהים, הזיכרון הגדול, לא היה יכול שלא להתקיים.

15 בנובמבר 1984

השטיינהוף, שבו ביקרתי בבית התפילה של אוטו וגנר, השיב אותי הביתה לפתע פתאום. קומפלקס בית המשוגעים סן ג׳יובני בטרייסטה, שכעת עומד נטוש, משחזר באורח מושלם את מקבילו בווינה, שהוקם על גבעה, כולל אגפים סימטריים הנחבאים בצמחייה והנמצאים בגן רחב ידיים, עם משטחים גדולים ושבילים.

סן ג׳יובני הוא המקום שבו אמי בילתה את שנת חייה האחרונה, כשהיא סובלת ממחלה קשה, מחלת האלצהיימר. המחלה, שהיא תהליך בלתי הפיך, גרמה לה לשקוע במהירות בסניליות בטרם עת, כילתה את גופה ואת מוחה עד המוות. הסימנים הראשונים למחלה ניכרו בה לאחר מות סבתא. העניין החל במקרי שִׁכחה קטנים שהיו קשורים לפעולות יום־יומיות קטנות, לפרקים שוליות בחייה. לאחר מכן היא החלה לשכוח את שמות הדברים. אימא הבחינה שהיא אובדת ולחמה בכל כוחה. היא כתבה פתקאות שהייתה מפוזרת ברחבי הבית, שמות של חפצים – שעון, כרית, כיסא, גלגלי הצלה חסרי תועלת שהושלכו אל בִּיצה של שִׁכחה שבלעה אותה בהדרגה. אט

אט היא שכחה גם את כללי הכתיב ולבסוף גם לא ידעה עוד לכתוב. המציאות, גם האיומה ביותר, נראית לעתים כפלגיאט של עמודים מפורסמים מהספרות.

הזיכרון שלה, שנחרב ללא תקנה, צנח אל הלילה. בחודשים האחרונים היא לא הייתה מסוגלת אפילו לזהות את אחותי ואותי. לעומת זאת, עד לשלבים האחרונים היא המשיכה לקרוא לאבא, שהיה האחרון להימחק.

17 בנובמבר 1984

אזור קטן וסגור, בספריית חדר העבודה שמור לא לספרים ולקטעי ספרים, אלא למסמכי המשפחה.

באזור השולי הזה בבית, הרחק מהדרכים היום־יומיות הראשיות, ייתכן שהזמן עצר מלכת וארגן התנגדות משל עצמו. באותם מקרים נדירים שאני מחפשת או מניחה שם דבר מה, נדמה לי שלפתע פתאום פיסות של עבר שהלכו ונסחפו מציבות את רגליהן, מפתיעות ועזות רוח, על יבשת ההווה. פה שמורים תצלומי המשפחה הישנים שלנו, ציורים שהילדים ציירו כשהם היו קטנים, מחברות בית הספר הראשונות שלהם והחיבורים החשובים ביותר שהם כתבו. שתי מחברות הן מילדותו של קלאודיו. אחת מוקדשת לתולדות טייסת הנשרים, מחברת שהוא כתב כשהיה בצופים, ואילו המחברת האחרת עוסקת בסיווג גזעי הכלבים, עם ציורים יפים שנגזרו מכתבי עת מקצועיים שהיו שייכים לאביו.

גם הפינה האישית שלי נמצאת שם, בקופסת מתכת ישנה, מעוטרת קנוקנות זהובות על רקע כחול, ושהכילה במקור בונבונים של Elah, כפי שאפשר לקרוא בתוכה. עוד ברחוב

פיקרדי שמרתי בה את הציורים שלי, הן את אלו שציירתי בפנימייה והן את אלו שציירתי בסילוס. הם היו הסחת הדעת היחידה שהרשיתי לעצמי לאחר שעות הלימוד. העתקתי מתוך פנטזיה נופים רומנטיים או דקדנטיים, עם אגמים מכוסים בעלים אדומים ופסלים עטופים בצמחי מים. ציירתי נסיכות הסורקות את שׂערן הארוך על גדות אגמים אפלים, צבאים, סוסים לבנים וטירות עם מגדלים.

יחד עם הדפים הללו שמרתי עלון של ה־Friends International Centre, מועדון של קווקרים שנהגתי ללכת אליו בעת שהותי בלונדון. לאחר תום לימודיי הגבוהים, ובעצת הדוד אלברטו, נסעתי ללונדון לעבוד במשך שמונה חודשים כמטפלת ילדים כדי ללמוד אנגלית. ושמור שם גם רישיון הטיס שלי, שהשגתי תודות למלגה ללימודי טיס שניתנה לי עם תום לימודיי התיכוניים.

לבסוף, יש שם חבילה של מכתבים מאמי, מכתבים שהיא שלחה לי בעת שהותי במוסד קמפוסטריני ובמחנה הוּמָניטַס "דון בוסקו" בבָּצֵקָה. בכתובת השולח אפשר לקרוא: סילוס, דלת מספר 354.

19 בנובמבר 1984

השבוע אישן שני לילות בביתה של בחורה, שנשכרה על ידי העירייה לשמש שומרת לילה לשלושה חודשים ואינה יודעת עם מי להשאיר את בתה, שגילה חודשים ספורים. ביום שלישי אחר הצהריים אלך לקחת את ולנטינה הקטנה מהמעון ואשמור עליה אצלי עד שתבוא אִמה, שלומדת בבית ספר ערב כדי להשיג תעודה של לימודים יסודיים כך שתוכל למצוא עבודה טובה יותר. ולנטינה, שהיא בת שנתיים, באה לביתי ברצון. היא אוהבת מאוד את קלאודיו ואת הילדים, וגם הם אוהבים אותה, אבל יותר מכול מושך אותה חזיר הים הכנוע שלנו, שמרשה בסבלנות שילטפו לו את האוזניים ושירדפו אחריו מתחת לשולחן, ואינו נבהל. "בופטו יפה," היא אמרה יום אחד כשהביטה בו ומיד הוסיפה: "גם אימא שלי יפה."

מזה שנים אחדות אני מקדישה חלק מזמני לילדים שנותרו בעולם, בקשיים רבים, גם תודות לסולידריות ולידידות מצד אנשים אחרים. משפחתי גדלה אט אט, והיא מעניקה לי סיפוקים רבים וגם שפע עיסוקים חדשים.

ואף על פי כן, כשאנשים שהכירו אותי לפני שהפסקתי

ללמד, תחום שבהחלט אהבתי, שואלים אותי "מה אני עושה כל היום", קשה לי להסביר במילים מעטות, בלי להיסחף לרטוריקה, שמושא המחויבות הנוכחית שלי הוא בגבול שבין החיים לבין המוות. כך שעל פי רוב אני מצדיקה את ימיי בכך שאני מדברת על ילדים, על הנסיעות שמתמזל מזלי לערוך עם קלאודיו מדי פעם, על שיעורי המחשבים שאני הולכת אליהם מזה שנתיים, כדי ללמוד להשתמש במחשב שקנינו, ואינני אומרת דבר על אודות הייאוש שלי כשאי אפשר להציל ילד, או על אודות השמחה שאני חשה כשלילד נוסף מתאפשר, מתוך אהבה, להישאר אתנו ולגרום לנו להרגיש פחות לבד בהרפתקה הזאת בעולם.

20 בנובמבר 1984

על קיר בסלון בבית ברחוב פיקרדי, שתפוס כעת כמעט כולו על ידי שולחן עצום מעץ מלא שהיה שייך לביתה הקודם של סבתא אנקה, בית שהיה הרבה יותר גדול, תלוי דיוקן בצבע שמן, בגודל טבעי, של סבתא מדיירי, יפה ובעלת הדרת כבוד, שׂערה הכהה אסוף בפקעת על ראשה, דמותה גבוהה וזקופה. סבתא אנקה היא זו שגאלה מן המרתף את הבד האדיר הזה ושלחה אותו למסגור.

כך, חידותיהן של אותן פנים, של עברן ושל מקורותיי נעמדים לפניי שוב בכל פעם שאני נכנסת לאותו חדר ומוצאת את עצמי מול אותו מבט, העוקב אחר הצופה לכל מקום. כבר אינני מצליחה כמעט לדמיין את סבתא קשישה, סבתא המוצגת כאן בבשלותה הנהדרת. אלמלא השׂער הלבן כל כך שהדיף ניחוח של ניקיון, ושאני זוכרת בבהירות, הייתי חושבת שהכרתי אותה רק כך, כשהייתה עדיין צעירה, בעלת מותניים צרים, חולצתה מעוטרת בתחרה, מחרוזת פנינים על צווארה ואחת מידיה נחבאת מאחורי החצאית הארוכה.

סבתא קוארנטוטו, שעוד חייתה אתנו זמן רב ברחוב פיקרדי,

קשורה מעל לכול בדמות הסופית של זִקנה מדורדרת. בחודשי חייה האחרונים, והיא כמעט בת שמונים, הייתה ממלמלת כל היום, מוכת שיטיון, חסרת שיניים, וסנטרה בלט כמו אפה. אימא ניגבה לה לעתים קרובות את הריר שהתנועה התמידית של הלסת גרמה לה לצבור על שפתיה. כל גופה, שהיה בעבר סמכותי וקורן הדר של מלכות, היה למסה גֶ׳לטינית ורוטטת. אמי, שהחלה לסבול מהתסמינים הראשונים של מחלתה ולהרגיש עייפה, הקדישה את כל זמנה ליֵצור הזה, שהעניקה לה חיים ושכעת נטלה אותם ממנה אט אט.

חודשים מעטים לאחר שקברנו את סבתא, החריפה מחלתה של אמי. היא אושפזה בבית החולים הראשי ולאחר מכן הועברה לסן ג׳יובני, ממנו לא יצאה עוד לעולם.

22 בנובמבר 1984

בלשכת הרקטור של נוטר דאם דה סִיוֹן נערך אתמול שולחן עגול על אודות המתת חסד, העניין הגדול החדש העומד על הפרק, מסית ועיקש, ושכובש את מקומו בתודעה ובתרבות המודרנית. הדוברים היו רופא גריאטרי, משפטן ואיש תורת המוסר. במהלך הדיון, דיבר צעיר כבן שמונה עשרה, שהזקן טרם צימח באורח אחיד על פניו, תוויו עדינים וקולו מבויש. הוא אמר שהוא לא לעולם ייטול חלק בהמתת חסד בשל העקרונות המוסריים והדתיים שלו, אך לדעתו אין זה צודק להגביל את חירותם של אחרים לנהוג אחרת נוכח מקרים דרמטיים של זקנים שאין להם מרפא ואשר מעיקים על משפחותיהם והורסים את שלוותן, כפי שעשה סבו. התסריט העוסק בהפלה חוזר על עצמו בדייקנות. ניצחונו של החזק הוא בלתי נמנע.

פרט לאבי, הדודה נינה הייתה מי שביקרה את אימא בקביעות הרבה ביותר במהלך מחלתה. אחותי ואני נישאנו זמן קצר קודם לכן וילדינו היו קטנים. אני כבר חיכיתי להולדתו של פאולו ולימדתי, כך שלא היה לי קל ללכת לבית החולים

לעתים קרובות. הדודה נינה, לעומת זאת, על אף שעבדה כל היום בניקיון בתים, משרדים ומסעדות, התייצבה שם בדייקנות שלוש פעמים בשבוע. שנים קודם לכן היא לקתה בשיתוק צד אחד של פניה, שהיא התאוששה ממנו, אף כי פיה נותר מעוות ואחת מעיניה דמעה ללא הרף. היא לא נכנעה נוכח הידרדרותה של אחותה. היא דיברה אליה כתמיד, כִּפתרה את חלוקהּ בעודה מתלוננת שהוא מוכתם פה ושם בקפה וחלב, הביאה לה לחמניות והאכילה אותה בהן בפיסות קטנות. "כמה טוב," הייתה אמי אומרת בעודה לועסת באטיות בעיניים עצומות. "תאכלי, יולה, תאכלי, זה עושה לך טוב," הייתה אומרת לה הדודה שוב ושוב, בעודה מנגבת לה את פניה הכחושות בממחטה נקייה מרבב.

23 בנובמבר 1984

אמי נפטרה בגיל שישים וחזותה הייתה כשל אישה בת מאה.

במהלך גסיסתה שמרנו עליה בתורנות, ליד מיטתה בבית החולים. באותם קמטים שדמו לסימנים שהים מותיר על החול, באותם תווי פנים עתיקים שלא ניתן היה לזהותם, באותו שׂער מקורזל בעקשנות, שׂער מלא כוח, ראיתי, כמו ב"סידהרתא", את תלמי האדמה, את אשליית הזמן, את הנהרות, העצים והערים של חיים, את הדרכים שחסדיה סללו, את עלי הכותרת הלבנים של סיגליות ילדותי, את האהבה העיקשת והכואבת שנשיקותיה לימדו אותי.

כשהיא הוציאה את נשמתה, לא הייתי לצדה. בלילה הלכתי הביתה כדי לנוח מעט וקלאודיו החליף אותי. הוא והדוד אלברטו אספו אליהם את נשימתה האחרונה, הרכה.

27 בנובמבר 1984

מאוחר. הכלים מארוחת הערב במקומם, החדרים מסודרים ועטופי צל, מוכנים למנוחת הלילה. הילדים אינם ישנים עדיין. אחד צופה מנומנם בטלוויזיה, אחר חוזר על שיעור לבחינה הבאה בעל פה. קלאודיו מתקן את הטקסט המודפס במכונה של מאמרו האחרון. נשימותיו השלוות מפיחות חיים בבית.

ליד אחד החלונות אני מדפדפת בדפים האלו, כשלפתע פתאום, טיפות קטנות באוקיינוס של מה שנחווה, נדמות בעיניי עניות ולא מתאימות אפילו כדי להעביר את רגע השלווה הזה.

בחוץ, הלילה הבהיר, העולה על גדותיו מכוכבים, שומר פנים ומילים שלא אדע לומר לעולם. חלק גדול מקורותיי שוקעים באפלה המתוקה הזאת, אולי דומה לאותה אפלה, גדולה וטובה, שתקבל אותי יום אחד בשלווה שבה נמצאים אבי ואמי.

אך אינני חשה עצב אלא רק הוקרה. אם שבתי לאיתקה, אם בשתיקות הארוכות של חיי הדהדו לרגע צלילים של ואלס שכוכבי הלכת והכוכבים, הנוצצים כל כך הלילה, רוקדים באודיסאה בחללים, אני חשה שעליי להודות לשורה ארוכה

של אנשים, אפילו לאלו ששכחתי זה מכבר, אשר בכך שאהבו אותי, או פשוט היו לצדי, בנוכחותם מלאת האחווה, לא רק שעזרו לי לחיות אלא שהם אולי עצם חיי.

אחרית דבר

קלאודיו מגריס

"אנו עמוקים, הבה נשוב להיות ברורים." המילים הללו של ניטשה – שהיו כה יקרות לסאבָּה, שראה בהן תיאור אידאלי של שירתו – יכולות להגדיר גם את דפיה של מריסה מדיירי. פעמים רבות הדגישה הביקורת את שקיפותה הקשה וחסרת הרחמים, המאפשרת לקרקעית האפלה של החיים לעלות בשלמותה עד לפניהם הצלולים של הדברים, מים זכים שעל מראתם מצטיירת הגיאומטריה המעונה של הנקיקים התת־ימיים.

המים הם יסוד מרכזי בכתיבתה של מריסה מדיירי והם הביאו אותה לכתוב קטעים חיוניים ועזים של מלאות, של נטישה, של בדידות, של מסתורין, של חן קל ושל עוצמה שאין לעמוד בה, מהאופקים האדריאטיים של "ירוק מים" ועד לאופקים המופלאים והאוקיאניים של "הקונכיה", סיפורה האחרון, שנקטע במותה אבל היה כבר מוגמר ומושלם, יצירת מופת קטנה שאי אפשר להוסיף לה או לגרוע ממנה ולו פסיק. במסה קצרה מ־1989 מריסה מדיירי מדברת על המים במילים אשר בלי שהיא משגיחה בכך, ייתכן שמתייחסות לכתיבתה: בהירות שמבליטה את הדברים באמיתותם, בוץ של קרקעית המסתיר שרידים של ספינה טבועה וגִצים סוערים של הלב. הפריחה הזאת, כפי שאומרת הפתיחה ל"ירוק מים", הם בה בעת חלוף הזמן והיווצרות הכתיבה: הספר נוצר לו "...במערבולות קטנות מתוך מגמה

לא מובחנת אשר הצטברה במשך שנים ארוכות בתחתית אפלה שלא זכתה לתשומת לב."

האפלה הזאת, אישית וקולקטיבית, פצע של הילדות וגם קרביים פגועים של ההיסטוריה, שהודחקה זמן רב והועלתה לבסוף לפני השטח ולתודעה באמת העירומה שלה, כמו אבן המגיעה לגדה. "ירוק מים" הוא בראש ובראשונה עדות לדרמה היסטורית, להתרחשות קולקטיבית שמתגלמת בספר בחוויה אישית. החוט המוליך של הספר – או מוטב לומר הגלוי לעין והמפורש ביותר – הוא הביטוי לגלות מאיסטריה, בצורה של פרגמנטים ופיסות שיוצרים אט אט סיפור מגובש. בסוף מלחמת העולם השנייה, יוגוסלביה של טיטו, לאחר העמידה הפרטיזנית המרשימה שלה, לא רק השיבה לעצמה מחוזות סלביים אתניים שקודם לכן היו חלק מאיטליה, אלא שהיא תפסה וסיפחה אליה גם מחוזות שחיו בהם איטלקים, כמו איסטריה ופיומה – כיום ריאֶקָה בקרואטיה, שבה מריסה מדיירי נולדה וחיה בילדותה יחד עם משפחתה. בשנים שקדמו לכך, הסלבים סבלו מהדיכוי והאלימות הפשיסטית וגם מתת־הערכה או משלילת זכויותיהם מצדם של איטלקים רבים שלא הצהירו על עצמם כפשיסטים אלא כלאומנים. הכיבוש מחדש היוגוסלבי, להט הטוטליטריות והלאומנות, היו מצדם אלימים וחסרי הבחנה כלפי האיטלקים. בנוסף לכך, ההתנגשות

הלאומית הזאת נכרכה בעימות פוליטי במעגל רחב יותר בין מזרח ומערב, בין העולם הקומוניסטי לבין העולם המערבי, שכן אותם גבולות מזרחיים נחשקים ופצועים של איטליה היו באותם ימים מסך הברזל הבלתי עביר ומטיל האימה.

כשלוש מאות אלף איטלקים עזבו בשנים הראשונות שלאחר המלחמה – שהתאפיינו בפחד, הפחדה ורדיפות – את איסטריה, את פיומה ואתרים דלמטיים נוספים, כשהם מאבדים את הכול וחיים במשך שנים רבות, כמו מריסה מדיירי ומשפחתה, חיים של עליבות ומחסור של פליטים במחנות כמו מחנה סילוס בטרייסטה המתואר בספר. לעתים קרובות, תושבי הערים שבהן הפליטים ביקשו לשקם את חייהם הביטו בהם בחשדנות ודחפו אותם להסתגר בבידוד מר ומלא טינה. העוולה שסבלו ממנה הביאה אחדים מהם לגלוש ללאומנות אנטי סלבית, בעוד אחרים – כמו מריסה מדיירי – המשיכו לראות את עצמם חלק מהדו שיח בין איטלקים וסלבים, ולהחשיב את עצמם שייכים לעולם מורכב, איטלקי וסלבי, וֶנֵטוֹ־אדריאטי ומרכז אירופי. ב"ירוק מים", בולטת מאוד אותה אהבה לזהות הגבול המרובה הזאת, האהבה לכור ההיתוך הזה: טרייסטה האיטלקית עם החותם האוסטרי שלה, עם המיעוט הסלובני היושב בה זה מאות שנים, עם הקהילה היהודית וקהילות אחרות; איסטריה, ונציאנית בערי החוף, קרואטית בפנים הארץ ומעורבת באורח

שאינו ניתן להפרדה באזורי ביניים כה רבים; פיומה, שזמן מסוים הייתה בעיקרה איטלקית אבל גם קרואטית והונגרית; הפטריוטים האיטלקים בעלי שמות משפחה גרמניים או סלביים, כמו סְלָטָפֶּר, והפטריוטים הסלביים כמו טרוּמבּיץ', שנהג לומר שהוא חושב באיטלקית אבל מרגיש קרואטי בכל לבו.

גבול יכול להיות גשר כדי לפגוש את האחר או מחסום כדי לדחות אותו, מקום של פתיחה או של סגירה אובססיבית. "ירוק מים" הוא חלק ממסורת עשירה של ספרות הגבול של טריסטה שנמתחת מסלטפר לסטופריץ' ומבֵּטיזָה לטוֹמיצָה ולרבים אחרים. הספרות הזאת מתאפיינת במקוריות מוחלטת, בציירה את העולם הזה ואת הקשיים שבו מהפרספקטיבה האפית של הילדות, בלי כל נקיטת עמדה אידאולוגית ובלי כל פרשנות היסטורית, אלא מלמטה, מתחת להיסטוריה. מריסה מדיירי מספרת את סיפור הגלות בחופשיות מוחלטת, ללא זהירות או נקיפות מצפון, ללא טינה ובלי כוונה להוקיע או לפטור מאחריות, עם חמלה וכבוד לכול, ובלי חשש להעליב איש.

בכותבה את סיפורה ואת סיפור משפחתה – משפחה איטלקית שבאותן שנים הייתה קרבן של המשטר היוגוסלבי – היא מגלה את שורשיה המשפחתיים, בחלקם סלביים ובחלקם הונגריים, כלומר מגלה שהיא לא רק איטלקייה, וצומח בה רגש של קִרבה וידידות מיוחדת, כמעט של השלמה הדדית, עם העולם הסלבי,

ועוד יותר מכך, עם העולם המרכז אירופי. אין זה מקרה שהיא רוצה לשוב וללמוד, שנים לאחר מכן, את הקרואטית שהיא למדה מתוך חובה, כילדה, ושכחה לאחר מכן, בבית הספר של פיומה שהפכה יוגוסלבית, כדי לחזור ולנכס לעצמה את היסוד הזה ברקע האפל שלה, הרקע שלא זכה לתשומת לב.

לא רק ביוגוסלביה אלא גם באיטליה, דרמת הגלות הושתקה וזויפה במשך תקופה ארוכה. הלאומנים הציגו את העניין במטרה ללבות את הטינה האנטי סלבית, ואילו הדמוקרטים השמיטו אותו מתוך חשש מטופש שמא יראו בהם לאומנים. מנקודת הראות הזאת, "ירוק מים" היה גם – עם הנחישות הדיסקרטית, הביישנית אבל גם הבלתי הפיכה והעיקשת שאפיינה את מריסה מדיירי – ספר של קרע. אני זוכר את הדיון שהתקיים בזגרב, והיו אלו עדיין ימי יוגוסלביה המאוחדת, לכבוד התרגום לקרואטית של "ירוק מים", כשפְּרֶדְרַג מטבייביץ' נשא דברים יוצאי דופן ואמר שזאת הפעם הראשונה שבה מדברים על הגלות במונחים כאלו, במקום מושבו של איגוד הסופרים, ושהספר הזה מלמד גם את היוגוסלבים את הצורך להבחין, במלחמתם עטורת הניצחון, בין מקרים של שחרור ובין מקרים של כיבוש. אין זה מקרה שהספר התקבל בעוצמה מיוחדת בקרואטיה, ושהוא נוכח בה באורח מיוחד.

ואולם הגלות, אף כי היא רלוונטית, אינה הנושא העיקרי

של "ירוק מים", אלא החומר או התירוץ – ומובן שחשים בו לעתים קרובות – לספר סיפור אחר, סיפור שכמעט לא נאמר, ויחד עם זאת סיפור בעל עוצמה שאין להכחישה: סיפורה של האישה הבוגרת ששבה לחשוב על העבר הזה ולעבד אותו, סיפור ההווה והעתיד שלה המבשר על הגעתו בסימנים טורדי מנוחה. סיפור שלמותה וסיפור המלנכוליה שלה, סיפור אהבתה, סיפור חייה המשותפים, סיפור הקסם שבחיים וגם סיפור אבדן הקסם שלהם. גיבורת "ירוק מים" היא זרימתו של הזמן, המטופל בסיפור והעובר בו תמורה. העבר נכלל בהווה, מחולץ מהשִכחה על ידי הנצח של הרגעים שהוא מתבטא בהם, אבל הוא גם עובר תמורה, בסופרפוזיציה כרונולוגית שתואמת את תנועת הכתיבה קדימה ואחורה, תנועה שבה הספר יוצר את עצמו בכוחות עצמו, במין התממשות גבישית.

ללא ספק, "ירוק מים" מלא בדברים, בדמויות, בהיסטוריה גדולה ובסיפורים קטנים, באירועים פיקרסקיים ומלנכוליים, קומיים ודרמתיים, בהרהור מרוכז ובשמחה של חגיגה, בהתמסרות למלאות הקיום ובצער שנשלט על ידי אומץ לב שאינו יודע פחד. זהו ספר שנכתב נגד השִכחה, כדי לחלץ את הסבל, גם להעיד בהוקרה, מתוך pietas[14], מתוך אהבה.

---

14 חמלה נוצרית.

זהו ספר המפנה את תשומת לבו האוהבת לחיים המינוריים והחלשים ביותר, כולל להיבטים הזעירים שלהם, יצירה קלסית קטנה בת ימינו, בדיוק כפי שהוא הוגדר. "אני צריכה דברים כה רבים כדי למלא עמודים מעטים," אמרה מריסה מדיירי באחד הראיונות. אבל כל זה הופך למוזיקה של הזמן, עם ההמשכיות שלו, עם הפחדים והשברים שלו, ה"סטקטו" נעשה קומפוזיטיבי. "אנחנו," אמרה המחברת בראיון אחר, "זמן מרוכז," שהסיפר ממיס ומרכז מחדש, כפי שקורה אפילו ב"ליל קיץ", הקצרצר והנהדר – אחד הטקסטים האחרונים שלה, שבו הזמן, הנעורים והזקנה מתרכזים לפתיתי שלג.

באמצעות סיפור העבר מתוארים – במין שקערורית, במין צל, כמו פניו הנסתרות של הירח – קורותיה של אישה המעורבת באורח עמוק בבעיות של זמננו. אישה העוברת בקלילות על אזורי הכאב והאפלה (ב"ירוק מים" יש אפלה ואור רבים כל כך, סבל רב ואושר רב, דמעות על דברים וצחוק רם של שמחה, כל המשקל של הקיום ובה בעת כל קלותו). הגלות מאיסטריה הופכת אז לחוויה של שברירויות אוניברסלית של הגורל ושל גלות גדולה, אמביוולנטית ומורכבת יותר, הגלות מכל ארץ מובטחת שהיא עצם החיים. המקרא מלמד שגלות היא אבדן אבל גם גאולה; לעזוב ולשוב ולתקוע שורשים, מוות ולידה מחדש (ואין זה מקרה שהמטמורפוזה היא נושא גדול נוסף של

מריסה מדיירי, למשל במה שהיא אולי יצירתה הנעלית ביותר מבחינה פואטית, המשל המחויך והנורא לילדים לשעבר, "קרחת היער"). כל אנאידה, אפילו הקצרה ביותר, אומרת לנו שהקמתה של ממלכה דורשת גלות.

והגלות הזאת היא גם גלות נשית, ה"אטופיה", הלא־מקום של האישה בהיסטוריה. "מים ירוקים" הוא גם – ללא כל אידאולוגיה, עניין שזוכה אפילו ליחס אירוני ב"קרחת היער" – ניכוס מחדש, דיסקרטי, של הנשיות, מסע אל ההיסטוריה דרך הא־היסטוריות של המצב הנשי המדוכא, שמשמעו פרספקטיבה שלא נשמעה קודם לכן של ה"אני", הקבלה האפית של גורל מופתי, ובה בעת האִתגור הרוגע שבו היא דוחה אותו. יש סתירה מוזרה בין נוכחותה החזקה של אהבה שזוכה למענה, של קיום משותף ומאושר, של גילויי חיבה משפחתיים, לבין יקום שנשלט על ידי אילנות יוחסין נשיים, שבו הנשים שולטות במתרחש ועושות צדק כלפי הנחות ביותר, הזעיר ביותר, הכואב. הנשים הן אולי הנושאות את הערך שהוא אולי הנעלה מכול: את הזיכרון. הזיכרון לא כנוסטלגיה רגרסיבית אלא כגאולה, כהווה נצחי וחי של בני האדם, של הרגשות, של הדברים, שפשוט הינם, מעבר למערבולות הצל הסופגות אותם מחדש ללא הרף במוות. באחד הקטעים העזים ביותר ב"ירוק מים", נוכח היעלמות הדברים ושקיעתם בלא

כלום, האל עצמו מוגדר כזיכרון הגדול. דומה שמריסה מדיירי מכנה את הדברים בהווה, קובעת אותם בנצחיותם (נאמר כבר שהיא קובעת אותם במעין כתיבה מוחלטת), כפי שאנו אומרים שהומרוס הוא משורר גדול, על אף שהוא מת לפני אלפי שנים. התפיסה החדה עד מאוד של הבטלות והמוות שהמחברת ניחנה בה אינה סותרת אלא מעצימה את ההווה הזה של הדברים, הווה שאי אפשר להורסו.

ב"ירוק מים", כבספרים אחרים שלה, יש נאמנות דקדקנית למציאותי, שהיא בה בעת קבלה מוסרית של כבוד ו־pietas, קבלה חופשית באורח ריבוני של כל התנפחות מתנשאת או חרדתית של ה"אני", ועיקרון של פואטיקה וסגנון. הריאליזם הזה, המלא תשומת לב ודיוק, המאמין באמת של החושים – ביחס לטקסטים אחדים שלה דובר על סיפורים בגובה הקרקע – מתרחב עד שהוא מגיע לממד אופקי מסחרר. הצפיפות מתרחבת בפשטות של זרימה, שיותר מכול גורמת להפוגות ולשתיקות. העיקר טמון במה שלא נאמר, במה שלא מבוטא, לפי הפואטיקה של הקרחון שהמינגווי העריך, ואשר קובעת שרק שמינית מהמסופר צץ מעל לפני המים, כלומר נאמר באורח מפורש. מריסה מדיירי היא רב אמנית בכל הקשור להסרה ולגיזום: היא נהגה לעשות זאת גם לעמודים שכתבתי, ושום עמוד – עד מותה – לא התפרסם לפני שנבדק (ולא פעם

נוקה) קודם לכן. רבים מהם, כמו "הדנובה" ו"מיקרוקוסמוס" נולדו מאינטואיציה שלה.

התרכזות בעיקר, הסרה, שלוש מאות עמודים שפורסמו בחמש עשרה שנות יצירה שפרחה מאוחר, ושמעולם לא יצאה מגדרה כדי לפרסם, כדי לעשות, כדי להיות אחרי העשייה, ואפילו לא – לקראת הסוף – כדי להתחרות במהירות עם המחלה שהיא ידעה בצלילות מוחלטת שדוחקת בה, בלי שהדבר יערער אותה. סגנון צלול, לקוני, מבנים אבסולוטיים ואקוזטיביים בסגנון היווני, אולי יובשנותם של המכתבים האדמיניסטרטיביים שהיא כתבה כאשר עבדה, לפי מיטב המסורת המרכז אירופית של הסופר הפקיד – בחברת הביטוח "אסיקורציוני ג'נרלי", לפני שלימדה, כפי שעשה זאת בתקופה אחרת קפקא. כל זה מתמצה, כפי שמישהו כבר אמר, בפשטות חכמה של הדף, במגע שאין לטעות בו של דממה, ב"אי שימת לב" (מה שהביא מבקרים אחדים להשוות אותה לכריסטינה קמפו), אטימות אדיבה נוכח האלימות והשִפלות, אי היצמדות ספוגה בתשוקה ובאהבה למין האנושי. מה שלא נאמר, ההפוגה, הוא גם התקרבות לא צפויה בין מצבים ורגשות מנוגדים שהקצר ביניהם מפעיל רגעים של עוצמה אלימה שאין להתעלם ממנה, מכות של רוח המנפחות את המפרש או שוברות את התורן. סיפור אהבה מותווה באמצעות

התייחסויות מעטות ביותר, קווים ספורים מציירים את האהבה העזה לילדים, הכאב הנורא ביותר עולה כחיתוך סכין במשפט, פרט שורט בפתאומיות את הקיום. מריסה מדיירי מצליחה לשלב בין שלווה רוגעת במסירת הסיפור לבין שבר פתאומי שקורע אותו, בין עדינות של משלים לבין הנהר הקרסטי של האלימות הזורם מתחת לחסד, בין המשחק המרושע לבין תחושת הטרגי והתשוקה המוסרית. "סיפורים פשוטים כמו החיים," כתב ארמנו פקניני, "שבהם שבות כל האמִתות הבסיסיות של הקיום."

ב"ירוק מים", כמו, או מוטב לומר יותר מאשר, בסיפורים האחרים – טמונים הערכים שהמחברת צידדה בהם באורח מודע, או כפי שהיא נהגה לומר בצטטה את מרכוס אורליוס, האלים שהיא האמינה בהם ואשר חצבו את תוויה: התחושה הדתית, הנוצרית, העניין בחיים המינוריים בצורתם החשופה ביותר לפגיעות (הילדות, אפילו השלבים הראשונים של החוויה של טרם לידה, גיל ההתבגרות, הזִקנה, השקיעה, הבדידות – יסודות המצויים בסיפורים אחרים); ההיקסמות מהחיים ה"מינימליים" הצמחיים והמינרליים, שהופכים לגיבורים של "קרחת היער", יצירה שהדמויות בה, החל במרגנית דפנה, הן צמחים ובעלי חיים; האהבה לזולת; האחווה עם כל הברואים; האמונה, למרות הכול, במשמעות החיים ובקסמם.

ואולם מבטה של מריסה מדיירי אינו נבהל נוכח הרע, הפגיעה, הזוועה, נוכח מה ששולל כל משמעות; ב"ירוק מים" יש גם התגלויות של הברוטליות (הדוד האונס את אשתו ואת בנותיו), כאב (החורבן הפיזי הנורא של אִמה, התגלמות המובן הנעלה ביותר של הקיום), פגיעות. כך קורה יותר מכול ב"קרחת היער", שם, בניגוד למתרחש ב"ירוק מים", עולים גם רגשות ותמונות של העולם החומקים משליטה ושאינם מתאימים תמיד לתפיסות ולאמונות המפורשות של המחברת. המחשבות והתמונות הללו, רגשות שלעתים אינם מוכרים או שאולי לא היו רצויים ושהכתיבה מעלה ומפתחת למרות כוונותיה של המחברת. ב"קרחת היער" לכל הדברים יש משמעות – מלאת אור, קסומה, קלה, הומוריסטית, אך בה בעת נפתחת לרווחה תהום של הרס אוניברסלי אכזרי (לא רק בסוף, עם מות הגיבורה, אחת התמונות הספרותיות הגדולות של המוות), היעדר קיצוני המאפשר שהטקסט הזה, מלא בחן שהוא אפילו משחקי, יהיה גם משל שחור, כפי שהגדירה זאת ארנסטינה פלגריני. ואולם בעומק הדברים, "קרחת היער" מספר על דרך המשל סיפור דומה לזה של "ירוק מים", סיפור שברור שהיה אובססיה של המחברת. מדובר בסיפור שנחתם בסוף גיל ההתבגרות של הגיבורה ועם כניסתה, הטרגית או השלווה בהתאמה, לעולם הבשלות

והמודעות, כניסה הכרוכה בכל מקרה בגילוי הסתירה, הסבל והמוות.

אין ספק שמריסה מדיירי תופסת את הקיום כהמשכיות וטוטליות אפית, בהתמסרות חמה ובחמלה נוצרית: "אם כן, החיים בחוץ היו יפים, כאובים וקדושים, והתכוונתי באחד הימים להיות חלק מהם," כך היא כותבת ב"ירוק מים". ואולם החיים החמימים הללו, כפי שכינה אותם סאבה, הם מבחינתה אותנטיים רק אם אין בהם ולו שמץ של שומן סנטימנטלי ושל פאתוס קל. יחד עם רגש טולסטויאני, אפי ונוצרי של החיים – ויחד עם רגש ההרפתקה החדשה תמיד, שמסומלת למשל ב־"Grande Sertão" של גימראיש רוסה, שהיא אהבה לצטט מתוכו – יש בה, במבט שלה ובכתיבה שלה, קרירות בלתי מתפשרת הבוחנת את הרע, את העימות, את קשר הקסם, הכאב, השקר, האהבה, התרמית העצמית והרוע שיש בחיים, בבני האדם, בחברה. רק מתוך הידיעה שכל קיום הוא "יחס מסוכן", אפשר לאהוב את אותו קיום ללא מגבלות. ייתכן שהיכולת הזאת להביט עין בעין במדרוזה קשורה גם לאמונה, אם נכון הוא, כפי שאומר סלין, שהדתות הגדולות מצטיינות בכך שהן אינן ממתיקות את הגלולה המרה. ברור שהמבט חסר האשליות של לקלו, של פלובר או של סבבו, שהיא כה אהבה, אינם נוחים לה פחות מאשר החיים החמימים כמו אצל טולסטוי וסאבה.

מריסה מדיירי הייתה משוכנעת שרק הצמצום הגיאומטרי והמודעות הצלולה למכניזמים חסרי הרחמים של החיים יכולים לאפשר את הופעתו האותנטית של החסד הזה של החיים, של הרכות ושל אבדן הלב שהיא חשה, אהבה וחייתה בכל מאודה. הצלילות הגבישית הזאת של השכל הופכת לשקיפות של סגנון והיא עשויה להיות בלתי ניתנת לערעור כמו הוכחה של משפט מתמטי, כמו בכתבים לא ספרותיים מסוימים שלה, שנוצרו מתוך דיונים וויכוחים, שהיא ניהלה עם ההיגיון חסר הפשרה של המורליסטים הגדולים. היא הייתה מודעת לכך שהחיים הם קרב טוב ושכפי שאומרים מעשי השליחים, יש רגעים שבהם צריך למכור את הגלימה ולקנות חרב. ייתכן שהסיפור שלה, סיפור שלא היה קל כלל ועיקר, ושהיא מספרת אותו ב"ירוק מים", לימד אותה לדעת להשתמש באיפוק אבל בהחלטיות, באותה חרב. אפילו למחלת הסרטן לא היה קל לגבור עליה. והיא ידעה שלאחר שאדם הביט בצד האפל של הדברים, הוא יכול לאהוב באושר את הסחרחרת חסרת הסדר והנעימה שלהם, את הקומיות שלהם, את התיאטרון הפרוע והאדיב של העולם, תיאטרון שהיא לימדה גם אותי להתמסר לו בשמחה.

בדפים של מריסה מדיירי יש מים רבים, ים רב. גם נוף של ריחוק ושל בדידות, של טרגדיה ושל הלא כלום, אבל מעל לכול יש בהם נוף של מלאות ושל התמסרות, של ילדותו של

האדם ושל המין האנושי כולו, שבאים מהמים, אף אם לעתים קרובות הם שוכחים זאת. ב"ירוק מים" הנוף הימי של החוף של איסטריה ושל האי קרזו הוא תפאורה של הזדהות מלאת אהבה, של גילוי מחדש של עצמה, של הארוס הזה, השותק והחבוי, העובר כחוט השני בכל דפיה, של חיים שנחוו כקיץ מלא הוד. "ייתכן שגוש קטן ששוב גיליתי לעצמי בשד מזכיר לי את הצל שאתו עלינו לחיות. כל חיים מכילים בתוכם את זרע חורבנם. אבל מחר נצא כולנו יחד ונלך לאיים שלנו המיושבים על ידי האלים. קרזו, אוניה, קנידולה, אוריולה, לבררה. במשך שנים עשר יום גם אני אהיה בת אלמוות."

היה לנו הקיץ שלנו, היא אמרה לפני ארבע שנים, שבועות אחדים לפני מותה, בנימה המתגרה שבה מדברים על משהו שאיש כבר לא יוכל ליטול מאתנו כיוון שזמן קצר קודם לכן, בתחילת יוני, בילינו ימים נהדרים בשפת הים במיהולשצ'יצה, קרזו. הנוף הזה, באיזשהו אופן, מכיל אותה, כיוון שכפי שאומר המספר ב"הקונכיה", כשהוא מנסה להיזכר בתווי פניה של האישה האהובה שנפטרה שנים רבות קודם לכן, "כאילו שפניה התמוססו בדברים, התמסרו להם."

מסיבות שקל לחוש בהן, היה לי קשה מאוד לכתוב את אחרית הדבר הזאת. כיצד נדבר על אדם שכתב ספרים בעלי עוצמה

נדירה, אדם שהוא גם חברה לחיים, דמות האהבה והקיום המשותף, שהיעלמותה הטילה מום בחיי ושהיא ממשיכה להיות נוכחת בדברים ובשעות? אתה חושש לא להבחין בין מה שאתה מספר רק בחוג הפרטי לבין מה שיש לו רלוונטיות אובייקטיבית, אתה חושש להיכנע לרגש או לעטות מסיכה, כתגובה, כניטרליות מחוטאת ומזויפת, כאילו אתה מדבר על סופר מלפני מאות שנים. פרט למידע, במיוחד על אודות הגלות מאיסטריה ומפיומה שהוא הלייטמוטיב של "ירוק מים" ושהקורא של הספר המתורגם בוודאי אינו מכיר היטב, ניסיתי לתת את רשות הדיבור – בכל הקשור לתיאור, לפירוש, ולכן באורח בלתי נמנע להערכה של יצירתה של מריסה מדיירי – לאחרים, למבקרים ולחוקרים שעסקו בה, והפכתי את עצמי להד. במקרים רבים עשיתי פרפרזות של דבריהם ושל קביעותיהם, באותם מקרים שהדברים תואמים את מה שאני חושב ומרגיש ושמנחם אותי לראות שקולות חסרי פניות מאשרים. הדפים הללו הם אפוא במידה מסוימת פרי עבודתם של רבים, שהיה עלי לציין את שמותיהם אחד לאחד. יחד עם זאת המילים הזרות הללו אינן פחות שלי, כפי שקורה לנו עם כל העמודים שמותירים בנו רושם עמוק – כמו אגרוף, נהג קפקא לומר – ושנדמה לנו, מעט לאחר מכן, שכתבנו בעצמנו.

עוד בסדרת "בדיונות"

שֶל אֶסְקילדסן
רשימותיו האחרונות של תומס פ׳ למען הכלל

ברשימותיו האחרונות של תומס פ׳ למען הכלל נמצא פרקים בחייו של קשיש נורווגי המציגים מבט ייחודי על העולם ועל החיים. כל סצנה היא פנינה ספרותית אמיתית, כל משפט מכיל עולם ומלואו.

המינימליזם בכתיבתו של אסקילדסן הוא הכלי שדרכו סוחט הסופר מן המציאות מצבים בלתי צפויים, מלאי הומור, אירוניה, מרירות, ביקורת ותובנות אישיות.

אלו רשימות על הזיקנה, על העיר, על מערכות יחסים מאוחרות, על היום יום. הן חושפות את הדרך שבה תופס האדם, ממרומי שנותיו, את החברה המודרנית הסובבת אותו ומציגות את מקומו ביחס לחברה.

"ההומור היבש ומלא האבסורד של אסקילדסן לא שונה בהרבה מזה של בקט... סיפוריו הקצרים דחוסים באירוניה, והדיאלוגים חדים ואקספרסיביים." **טיימס ליטררי סאפלמנט**

"מהרו כדי לא להחמיץ את דמויותיו של אסקילדסן... אם תתעלמו מהן, הרי שאתם מתעלמים מחלק מעצמכם." **לה מונד**

"אסקילדסן אינו חושש לחזור (ואין זה בלתי סביר להניח שהוא אינו חושש מדבר) לשני הנושאים היחידים שלו: האדם והספרות." **פוגוויל**

"שֶל אסקילדסן הנורווגי הוא הבולט מבין הסופרים הסקנדינבים, ומבין היוצרים האירופים בכלל." **ויקטוריה רייסאבל, דיאריו דה מלגה**

"אסקילדסן מצליח לחשוף את הפחדים החבויים והטינה הרדומה, את הציניות של הרוע, את העצב של השגרה ואת הרגשות של ההוויה האנושית הנחבאת מתחת לשפה הלקונית ולמילים היפות." **וינסטון מנריקה – אל פאיס**

סרחיו ביסיו

זעם

מאחורי סיפור אהבה בין פועל בניין לעוזרת בית בבואנוס איירס, מסתתר **בזעם** רומן חדשני היודע לשנות את פניו, פעם אחר פעם: מן ה"נואר" אל רומן המתח, מן המתח אל הראליזם המלוכלך, וממנו אל האגדה. כאן, בתוך האגדה, **זעם** מרגש את הקורא, מטלטל אותו והופך אותו לשותף מלא באשליותיהן של הדמויות, כאשר ברקע הידרדרות הכלכלה בארגנטינה.

זעם הוא רומן נועז וחתרני הכתוב בצורה מרומזת וקלילה. בזכות הנימה הקולנועית וה"פּוֹפּית" לכאורה שלו (המזכירה במקצת את כתיבתו של מנואל פואיג), מתקבלת חוויית קריאה מרעננת וסוחפת. **זעם** פורסם במגוון הוצאות חשובות ברחבי העולם, עובד לקולנוע וזכה לביקורות נלהבות.

"**זעם** הוא הרומן הטוב ביותר שקראתי בשנים האחרונות." **ססר איירה**

"**זעם** הוא רומן מקורי ויוצא דופן, הטוב ביותר והאמיתי ביותר שנכתב בעשור האחרון." **פוגוויל**

"מאהבה למוות, מקומדיה לטרגדיה ומאלימות למלנכוליה, והפוך, מהסוף להתחלה. זהו אחד הספרים שאנו חייבים להחזיק בספרייה שלנו כדי שלאורחינו תהיה סיבה לבוא." **מאוריציו רוּנוֹ**

"**זעם** הוא ספר מרתק, בעל שכבות רבות של משמעות וללא פתרונות קלים, ללא דמויות סטראוטיפיות וללא תיאורי נוף נדושים. יש בו איכויות מתמידות של רגשות אנושיים משותפים, לא רק של זעם, אלא גם של אהבה ותיעוב. ספר זה יישאר עמי, צרוב במוחי, זמן רב." **ריד אול דיי**

"זוהי מטאפורה להתפוררות של המעמד החברתי בארגנטינה, לסבל של חסרי הכול ולניכור שנוצר כתוצאה מכך." **לורה וילסון, הגרדיאן**

"השדים הפנימיים חשובים יותר מהביקורת החברתית, כשביסיו נמנע מביטויה הקליל ומתחפר עמוק בעליית הגג של מוח מעוות." **בויד טונקין**

"דיוקן, טבול בחומצה, של המשבר החברתי בבואנוס איירס, בדימויים מסנוורים ובדיאלוגים קולעים." **לה טֶמפּ**

"מסוגנן, מקורי ומטריד, המותחן האירוטי המצמרר הזה יגרום לכם לתהות האם סגרתם בסופו של דבר את חלון המטבח שלכם. בִּדקו שוב." **קריים טיים**

פטר אדולפסן

ברומשטיין; מאשין

שני הרומנים הקצרים **ברומשטיין** ו**מאשין** הם בעיני רבים התגליות הגדולות ביותר בספרות הדנית של העשור האחרון. ב**ברומשטיין**, אדולפסן מבצע הקבלה בין הסיפור של אירופה במאה ה־20 לסיפורה של אבן מיוחדת – מבריאת העולם ועד התקופה העכשווית. ב**מאשין**, שלד קדמוני של סוסה הנמצא בכביש נידח באוסטין, טקסס, גורם לתפנית בחייהן של שתי דמויות החולפות במקרה בסמוך במכוניתן.

במרכז כתיבתו הנקייה של פטר אדולפסן ניצב הדיון הנצחי בין הדטרמיניזם לגורליות, והוא דן בכך בצורה מקורית ביותר. כתיבתו משלבת פנטזיה, קפדנות, נימה מטאפיזית, נגיעה בספרות הארכאית ועוד. אדולפסן הופך את הקורא לבלש ספרותי העוקב אחר עלילה מפתיעה, שמזכירה באופן מידי את כתיבתו של בורחס. אדולפסן זכה בפרסים רבים על ספריו שמתורגמים כעת לשפות רבות, ומבקרים וקוראים רואים בו את אחת התקוות הגדולות של הספרות האירופית.

"**ברומשטיין** הוא מעדן. פיסה גדולה של שוקולד טהור שאפשר ליהנות ממנה בלי להרגיש מלא לאחר מכן. מנה בגודל הנכון, 68 עמודים. לא פחות ולא יותר" **ברלינסקה טידנה**

"פטר אדולפסן הצליח לעלות לרמה חדשה ולא מוכרת... מאה שלמה נובעת מתוך הדפים המועטים הללו. לעתים רחוקות מצליח כל כך הרבה לצאת מדבר כה קטן." **פוליטיקן**

"לאדולפסן יש כישרון יוצא דופן לעבור באופן מידי מתגליות גיאולוגיות בסדר גודל ענק לחיים הקטנים וחסרי החשיבות של דמויותיו." **פטריסיו פְּרון**

"יש עוד סופר שמזעזע אותנו בשאגה, ותיכף ומיד חוזר לשלוותו?"
פטר אורבן האלה

"אפשר לקרוא את אדולפסן שוב ושוב בלי שיאבד את השפעתו... הוא שוקל את המילים בקפדנות ויוצר את משפטיו באלגנטיות. כתיבתו, מפתיעה תמיד, משלבת בהירות מחשבה עם הומור קליל. גם כאשר הוא משתטה הוא חכם, ולא ניתן לצפות מה ממתין מעבר למשפט הבא." **אינפורמשיון**

"זהו תענוג ספרותי גדול לנוע בתוך הפרוזה הייחודית של פטר אדולפסן, המושווה לעתים קרובות עם חורחה לואיס בורחס."
קריסטליג דאגבלֶדֶה

"הקריאה בספריו של אדולפסן דומה לקבלת הזמנה לקפה אצל השכן, ולגילוי שהדלת של דירת החדר הקטנה שלו מובילה למעשה לבית אחוזה ענק, עם אגפים בני 12 חדרים לפחות בכל אחד מהם."
דאגבלֶדֶה

אלכסנדרוס פאפאדיאמנטיס

הרוצחת

נופם של האיים היווניים בתקופה של עוני ועליבות הוא הרקע לרומן יחיד במינו, שוודאי יזכיר לקורא בעוצמת כתיבתו סופרים כגון דוסטויבסקי ופוקנר.

דמותה של פראגויינו – מרפאה בצמחים ההופכת לרוצחת – היא הציר שסביבו העלילה המותחת, המטרידה והסוחפת מתפתחת. הנושאים העיקריים של הספר הם אשמה, כעס, קנאה, בגידה ותשוקותיו של האדם. ואילו השאלות המרכזיות של הספר הִנן שאלות על מוסר, על כבוד, על ערך האדם ועל מהות הטוב והרע. עלילת הספר מתרחשת באווירת יום יום כה קסומה, ובכתיבה כל כך מתקדמת לזמנה, עד שהרומן הופך ליצירה שאי אפשר לעמוד בפניה. פאפאדיאמנטיס מפתה את הקורא בכל הדרכים האפשריות, הוא מתרגם את המיתוסים היווניים ללשון ימינו ומעמיד אותנו מול יצירת מופת מיניאטורית ועוצרת נשימה.

הרוצחת נחשב לרומן הגדול של הספרות היוונית של המאה ה־19, ומחברו הסופר אלכסנדרוס פאפאדיאמנטיס נחשב לאבי הספרות היוונית המודרנית. עד לפני מספר שנים היה הספר כסוד, בלתי מוכר מחוץ לגבולות יוון. בשנים האחרונות הספר

זוכה לתרגומים רבים, ודרכם יצירותיו של הסופר הגדול הזה מקבלות סוף סוף מקום של כבוד בתולדות הספרות.

"ספרים כדוגמת הרוצחת מזכירים לנו את קסם טבען של יצירות הפרוזה הגדולות." **טיימס ליטררי סאפלמנט**

"הדמויות של פאפאדיאמנטיס מציירות את התשוקות האינסופיות של האדם – קנאה, אהבה, שאיפות, שנאה, רצח, ועוני – כמו לפי קצב קולות המקהלה בטרגדיה היוונית. כאן מונח קסמו של הסופר." **אודיסאוס אליטיס**

"הסופר הטוב ביותר של יוון המודרנית." **מילן קונדרה**

"הנוף, שמתואר באופן יפהפה בספר, מקבל ביצירתו של פאפאדיאמנטיס מעמד של גיבור שאינו חשוב פחות מהדמויות האהובות שלו." **אודיסאוס אליטיס**

"איש לא כתב כך על אשמה וזעם לפני פוקנר, חוץ משיקספיר." **הוושינגטון פוסט**

"אלכסנדרוס פאפאדיאמנטיס, הידוע כחלוץ הסיפורת המודרנית היוונית, הוא מספר מיתי ומאגי, וראליסט ללא חת, שכתיבתו מביטה קדימה לזו של גרסיה מרקס. הרוצחת הוא רומן מצמרר ועוצמתי." **פאואל בוקס**

פבלו דה־סנטיס

הקליגרף של וולטר

בבסיס הכתיבה ב**קליגרף של וולטר** עלילה בלשית אפלה סביב עולם הספר, סביב התשוקה למילים, סביב ספרים נדירים שיכולים לגרום לאסונות בגלל התוכן שלהם. הספר מתרחש בתקופת המהפכה הצרפתית, בין חצרו של וולטר בליאון לבין פריז התוססת. גיבורי הספר הִנם עורכים, כתבנים, פילוסופים, כמרים, אמנים וממציאים, המעורבים בפרשה בלשית מקורית ביותר. אין מדובר ברומן היסטורי, אלא בסיפור **על ההיסטוריה** שנכתב בנגיעות סוראליסטיות, בערבוב סגנוני, בשנינות ובכתיבה מלוטשת להפליא. הוא מעניק לרומן ולחוויית הקריאה חיים חדשים.

קריאת ספריו של פבלו דה־סנטיס דומה לצפייה בטובי הסרטים הגותיים של רומן פולנסקי. אבל הרבה יותר מזה: דה־סנטיס משתמש ברומן ההרפתקאות הקלאסי, בספרות האנגלית של המאה ה־19, במותחן, בסיפורי הערפדים, בסגנונו של בורחס, באפיון הדמויות הלוקח השראה מן הקומיקס ובספרות הפנטסטית של קורטאסר ושל בִּיוֹי קָסארס. הוא מגיש לקורא פעם אחר פעם רומנים שאי אפשר לעמוד בפני קסמם, הנקראים בחיוך ובהנאה צרופה.

פבלו דה־סנטיס קרא את **החיים הדמיוניים** של מרסל שווב והמיר אותו לזמננו אנו, הוא למד מבורחס על הצורך של הטקסט הפנטסטי להיות מכונה משומנת ומאופקת, המוגשת בתיווך הסוגות הפופולריות.

״דה־סנטיס בונה את עלילת ספריו בדיוק של שעון.״ **ג׳ונתן רובנר**

״זהו מותחן מלהיב, המשלב משחק של אִזכורים היסטוריים עם מסע אפל לפריז ולטולוז במאה ה־18, אך זהו גם סיפורו של סופר אמיץ ועל אמנות הקליגרפיה.״ **אסלינגר צייטונג**

״הרומן הקצר הזה מכיל מספר רב של דמויות בלתי נשכחות וגיבור בעל אובססיה ליפי המילים הכתובות, לצורתן, לצבען ולפעמים גם לטבען הכמעט אלכימי, היוצר את המוליכות החשמלית שלהן.״ **לקטורליה**

״**הקליגרף של וולטר** מאת פבלו דה־סנטיס הוא מותחן מבריק, שנון ומבדר שנקרא בקלות ובמהירות.״ **יוליה פון שוסטר**

״זהו רומן נפלא, מלא באינטריגות, שבו התרבות ההיסטורית לא נראית כמו ערמת רהיטים מאובקים, אלא היא חלק מקו העלילה מלא האירוניה.״ **מייבריט הוטצל**

״**הקליגרף של וולטר** מזכיר את ספריו של אלכסנדר דיומא מכיוון שהוא לעולם אינו ממעיט מערכו של הקורא.״ **הקול הפנימי, קורדובה**

עוד בסדרת "נודדים"

לורנצה מאצטי
השמים נופלים

ספרה של לורנצה מאצטי **השמים נופלים**, שהיה אחד הספרים האהובים על פדריקו פליני, הוא יצירה מיוחדת במינה הנמצאת על הגבול שבין הרומן לאוטוביוגרפיה.

הספר מספר בגוף ראשון על ילדותן של שתי אחיות יתומות – בייבי ופֶּני – המאומצות על ידי דודיהן מטוסקנה, קרובי משפחה של אלברט איינשטיין. הסביבה שבה גדלו הייתה מלאת חום, מוזיקה, משחקים ודמויות משונות ביותר.

התקופה היא מלחמת העולם השנייה, בזמן שלטונו של מוסוליני, כאשר הגזענות פורצת בקרב האוכלוסייה והכנסייה.

למרות שהאירועים המסופרים ברומן הִנם קשים ביותר, הטקסט מדבר על אושר בלבד. הוא כתוב בעדינות רבה, בחוכמה, בהומור חד ובלירית יבשה – מן המאפיינים הבולטים של הספרות האיטלקית מהשורה הראשונה.

השמים נופלים יצא לאור בשנת 1961 בבית ההוצאה היוקרתי "סלריו", זכה להצלחה רבה וזיכה את הבמאית

והסופרת לורנצה מאצטי בפרס ויארג'יו. הספר עובד בשנת 2000 לסרט קולנוע בכיכובה של איזבלה רוסליני.

"מעולם לא קראתי ספר כזה, סוף סוף מישהו מספר את סיפור המלחמה מנקודת מבט שונה." **פדריקו פליני**

"כפי שנראה רק פעמים בודדות בעבר, קולה של ילדה קטנה חושף את נשמתה של הילדות ואת הטירוף שבעולמם של המבוגרים." **אל פאיס**

יוזף רות
אגדת השתיין הקדוש

הפרוזה הבלתי נשכחת של יוזף רות עוצרת בתחנה האחרונה בפריז, ערב פרוץ מלחמת העולם השנייה. **אגדת השתיין הקדוש** הוא ספרו האחרון של הסופר: נובלה מרגשת ואלגורית על שקיעתה של אירופה ושקיעתו של אדם המודה בכך שסופו קרוב. הנובלה עוקבת אחר שתיין המתגורר מתחת לגשרים בנהר הסיין, שיוצא למסע שמטרתו היא לשלם את חובותיו.

התפאורה לספר הִנה העיר, הבארים, בתי המלון והרחובות האפלים של פריז, ובהם דמויות משונות ואווירה של אי־ודאות: עולם המתהלך על חבל דק.

אגדת השתיין הקדוש הוא יצירת מופת קטנה הנחשבת אצל רבים כפסגת הכתיבה של רות. הספר רואה אור לראשונה בשפה העברית ומלווה בכרך זה בנובלה נפלאה נוספת: **מנהל התחנה פולמרייר**.

"כזה אני: מרושע, שיכור, אבל צלול." **יוזף רות**

"רות הוא אחד הסופרים הממכרים ביותר שיצאו מהמחצית הראשונה של המאה ה־20. הוא שנון, מעמיק, מפתיע ומלנכולי. וכאן מונח הפרדוקס: אין פסימי ממנו; ואין סופר יותר חיובי ממנו." **דה סקוטסמן**

״כתיבתו, בליל של ראליזם, סוראליזם, אלגוריה ופרודיה, מעירה מרבצה אלטרנטיבה אבודה של אירופה המודרנית.״ **ריצ׳רד אדר, ניו יורק טיימס**

״ניתן לומר ש**אגדת השתיין הקדוש** הוא עבודתו הטובה ביותר של יוזף רות. ניתן לומר שיש בספר נגיעות אוטוביוגרפיות, שכן האבסינְת והיין נוכחים בין דפי הספר כפי שהם נוכחים בחיי הסופר.״ **סיקרט גולדפיש**

״תרגמתי כמה ספרים לפניו וכמה אחריו, אבל היה זה רות שהפך אותי למתרגם.״ **מייקל הופמן**

״הנובלות והסיפורים הקצרים של רות, לצד יצירותיו של צ׳כוב, הם מן הטובים בספרות המודרנית.״ **אינדפנדנט**

״רות מדגיש את האשליה שקיימת בחברה ואת הקושי בחיים המוסריים – ב**אגדת השתיין הקדוש** הוא יוצא כנגד האופן שבו אנו חיים היום.״ **ווסטמינסטר וויזדום**

״הדבר המופלא בסיפור הזה הוא המבנה שלו... רות מראה שלא צריך מאות עמודים כדי לכתוב ספרות טובה. צריך רק שליטה טובה בכתיבה איכותית וסיפור טוב.״ **מרצ׳לו זוקוטי**

״הספר הזה דחוס ושנון בצורה יוצאת דופן, למרות המשקעים המלנכוליים שבו.״ **גרנטה בוקס**

יוזף רות

יהודים נודדים

יהודים נודדים הוא בו זמנית דוקומנט היסטורי יחיד במינו ופיסת ספרות מודרנית במיטבה. היצירה מורכבת מתיעודים קצרים, הדומים לתמונות סטילס, של קהילות יהודיות במזרח ובמערב אירופה בשיא פריחתן, שנים בודדות לפני היעלמותן בזמן מלחמת העולם השנייה.

יוזף רות נכנס אל תוך הקהילות הללו כעיתונאי, כבלש עם זכוכית מגדלת, כסופר היודע לחשוף עולם ומלואו דרך הפרטים הקטנים.

בספר ישנם תיאורים בלתי נשכחים של חסידים, של עניים, של חילונים, של מתבוללים ושל מהגרים. במילים בודדות ובסצנות מרגשות, מנתח רות את הבעיות הפנימיות בין היהודים לבין עצמם, ובינם לבין החברה הסובבת אותם. רות חוצה ביצירתו מדינות ומעמדות, אמונות ותפיסות פוליטיות.

ביהודים נודדים משורטט דיוקן מדויק להפליא של תקופתו של הסופר, של עולם שאינו קיים עוד. עולם מהפנט ואבוד.

כתיבתו של רות סוחפת את הקורא בזמן הווה ובגוף ראשון, וכך מגבירה את עוצמת הטקסטים ומעניקה להם נימה דחופה וטרגית.

"ספר יקר מציאות, דוגמה נוספת לכתיבה האקספרסיבית והחזקה של רות, המכילה מטאפורות גאוניות, הקפדה על פרטים, והכול עטוף באמפתיה ובנוסטלגיה." **לואיס פרננדו מורנו קלרוס, אל פאיס**

"רק אדם מוכשר כמו יוזף רות יכול ליצור תמונת רנטגן כה מדויקת במעט יותר ממאה עמודים." **רפאל נרבונה, אל מונדו**

"בחיבור הזה מתאר יוזף רות תמונה אינטימית, לא תמיד נטולת אירוניה, של היהודים במזרח אירופה, עַם שעִם הזמן התפתח, בנדודים ובסבל רב, לאחד האנזימים שמרכיבים את מה שאנו מכנים כיום 'המערב'." **חוסה אנטוניו**

"איזה סופר נהדר! קראו אותו עכשיו. תוכלו להודות לי מאוחר יותר." **מייקל דירדה, וושינגטון פוסט**

"בכתיבתו המטרידה והבהירה להפליא של רות, האמת של הגורל היהודי מהעבר רוטטת ושרה." **אלי ויזל**

"המטפורות של רות הן מעדן." **לזלי צ'מברליין**

"בין זיכרונות של ערים ופסטיבלים, רבנים מאגיים ובתי תפילה, עם תמונות של וינה, ברלין פריז או ניו יורק, צפה כמיהה לעולם, למבנה דתי שאבד, לאירופה שנעלמה עם נפילת האימפריה האוסטרו־הונגרית." **לקטורליה**